天地外國經典文庫

荷風細語

[日] 永井荷風 著

陳德文 譯

總序

多元化是香港文化的特徵之一，作為中西文化的薈萃之地，香港文化人手中的讀物，既有四書五經、唐詩宋詞、胡適陳寅恪，也有聖經和莎士比亞、培根和狄更斯。香港文化發展史，其中必不可少的一部份內容就是文化交流史。所謂文化交流，於香港人而言，就是研究和介紹由外國先進思想衍生的普世價值，以及各國的優秀文學作品，作為發展香港文化的借鑒。用著名學者錢鍾書先生的話來說，就是「東海西海，心理攸同；南學北學，道術未裂。」[1] 翻譯家傅雷先生在〈翻譯經驗點滴〉一文中說：「中國人的思想方式和西方人的距離多麼遠。他們喜歡抽象，長於分析；我們喜歡具體，長於綜合。」[2] 可見，同為人類，中國人和西人「心理攸同」；作為不同人種，他們的思維方式各有短長。香港各大學設英國語言文學系、翻譯系、比較文學系，文學院有歐洲和日本研究專業，目的就在於此。在這方面，香港有着足以驕人的成就。茲舉一例。有學者考證，俄國大作家列夫·托爾斯泰最早的中譯本《托氏宗教小說》就是香港禮賢會出版的（時在清光緒三十三年即一九零七年），以此為嚆矢，托爾斯泰的各種著作以後呈扇形輻射到全國各地，被大量迻譯成中文出版，對我國文學界和思想界產生了深遠的影響。[3] 再舉一例，上世紀六、七十年代，香港今日世界出版社聘請了多位著名翻譯家、作家和詩人如張愛玲、余光中、劉以鬯、林以亮、湯新楣、董橋，迻譯了一批美國文學名著，其中包括《美國詩選》《老人與海》《湖濱散記》《人間樂園》等書，到九十年代，這一批書籍已成為名譯，由內地出版社重新印行，對後生學子可謂深致裨益。

本經典文庫的第一和第二輯書目共二十冊。所謂經典，即傳統的權威性著作。它們有別於坊間流行的通俗讀物，以深刻、恢宏、精警見稱，在文學史、哲學史、思想史上具有崇高的地位，古今俱備，題材多樣。作為西方現代派文學的鼻祖，奧國作家卡夫卡的短篇小說《變形記》荒誕離奇，寓意深刻，揭示了社會中的各種異化現象。英國女作家伍爾夫的長篇小說《到燈塔去》以描寫人物的內心世界見長，她是最早運用「意識流」手法進行小說創作的作家之一，語言富有詩意。法國作家加繆的小說《鼠疫》《局外人》，是冶文學和哲理於一爐的存在主義名著，與同為存在主義作家的薩特齊名，在上世紀五十年代中亦因此而獲得諾貝爾文學獎。文庫還收有短篇小說集《都柏林人》（愛爾蘭小說家喬伊斯）及《最後一片葉子》（美國小說家歐·亨利），前者由傳統走向革新，更以代表作、意識流長篇小說《尤利西斯》奠下現代派文學的基礎。歐·亨利以堅持傳統的寫作手法而被稱為美國短篇小說的創始人。希臘哲學家柏拉圖的《對話集》，既是哲學名著，也在美學史佔有重要地位，在散文史上開了論辯文學之先河。英國作家奧威爾的小說《動物農場》，與他的《一九八四》同為寓言體諷刺小說的名著，在當今文學史上享有盛名。意大利作家亞米契斯的兒童文學作品《愛的教育》，早在上世紀初就由民初作家夏丏尊從日譯轉譯為中文，是當時傳誦一時的日記體文學作品，夏氏是我國新文學史上優秀的散文作家，譯文暢達，是以初版迄今，在兩岸三地屢屢重版。英國小說家毛姆的長篇小說《月亮和六便士》，以法國印象派畫家高庚為原型，它刻畫的人物人情練達，冰雪聰明，筆致輕鬆流麗，幽默感人。而這位作家的另一部小說《面紗》，雖非他最著名的作品，但有一點值得注意，這是以香港為背景的經典名著，而且在二零零七年經荷里活改編為電影（譯名《愛在遙遠的附近》）。英國小說家赫胥黎的長篇小說《美麗新世界》，與奧威爾的《一九八四》、俄國作家扎米亞金的《我們》，被譽為文學史上三部最有名的反烏托邦小說。美國小說家海明威的中篇小說《老人與海》，因「精通敍事藝術以及對當代風格的有力影響」而獲得一九五四年諾貝爾文學獎。本輯還收有同一作家上世紀長居巴黎時構思的特寫集《流動的盛宴》，兩書體裁雖略有不同，但都表現了海明威含蓄凝練、搖曳生姿的散文風格。兩輯收入風格迥然不同的兩位日本作家的作品，太宰治被譽為「日本毀滅型私小說家」的代表人物；永井荷風則與川端康成、谷崎潤一郎等唯美派大作家齊名。第二輯新增兩部詩集，其一為《莎士比亞十四行詩集》，其二為《泰戈爾散文詩選集》。前者是西洋詩歌史上最深宏博大的十四行詩集；後者雖然詩制精悍短小，但給予中國早期新詩的影響卻不容小覷，我們可以從胡適、徐志摩、冰心等人的小詩中窺見他的影響。

由於歷史和語言的原因，香港的文化交流存在一定局限性，未能臻於全面。它較集中於英美和日本，其他地域文化如古希臘羅馬、印度、德、法、意、西班牙、俄羅斯乃至拉丁美洲則較少為有關人士顧及。顯然，這不利於開拓香港學子的視野，對他們的思想深度也有所影響。有見及此，我們與相關專家會商，擬定出一套外國經典文庫書目，經資深翻譯家新譯或重訂舊譯，向讀者推出一系列包括文學、哲學、思想、人文科學的經典譯著，分為若干輯次第出版。藉以供香港讀者重溫他們所諳熟的英美日作家、學者的著述，也得以新讀希臘、意大利、法國等國先哲的力作。

以後各輯，我們希望能將書目加以擴大，向有一定文化程度的讀者尤其是青年學子，提供更多的經典名著。

對迻譯各書的專家和撰寫導讀的學者，我們謹此表示深切的謝忱。

天地外國經典文庫編輯委員會

二零一九年二月二十日修訂

註釋：

[1]《談藝錄．序》，中華書局（香港）有限公司，一九八六年版。

[2]《傅雷談翻譯》第八頁，當代世界出版社，二零零六年九月。

[3] 戈寶權〈托爾斯泰和中國〉，載《托爾斯泰研究論文集》，上海譯文出版社，一九八三年版。

目錄

導讀

人生看得幾清明

永井荷風，本名永井壯吉，號斷腸亭主人、金阜山人、石南居士、鯉川兼待等，一八七九年於東京出生，父親精通漢學，也曾留洋美國。永井荷風恰似中國五四時期的青年，成長於傳統與現代交替的時代，受中西文化的薰陶，中學時代愛讀日本和中國的古典作品，十九歲時隨轉任日本郵船公司上海分部總經理的父親前往上海。一九零三年，他留學美國後，更崇尚西洋文化，專攻法語，畢業後到法國里昂正金銀行分部任職，翌年三月便辭職，前往巴黎、倫敦。無論外流何處，他創作從不間斷，日漸建立自己的創作風格，被稱為日本唯美派作家。回國後擔任應慶義塾大學教授，同時主辦《三田文學》雜誌，一九一六年，辭去教職及編輯工作，開始長時間的隱居生活。一九五九年，在孤獨中離世。永井一生逍遙，不受拘束，作品繁多，其中《地獄之花》、《美利堅物語》、《法蘭西物語》、《冷笑》等皆為聞名的小說，此外尚有不少譯作及散文隨筆。

《荷風細語》裏的散文小品，蘊藏不少永井荷風早年的生活片段，可說是昔日往事的精華錄。回憶所及，走出日本，近至上海，遠去美國、歐洲的歲月點滴，皆濃縮在字裏行間，卻絲毫不減當中的細意情懷。閱讀散文，許多時會讀到作者的閱歷，透過文字咀嚼其經驗、知識；飽覽其所到之處的風景；感受其筆墨滲溢的千思萬緒。學貫東西的永井，除了在寫作中展露各種西洋學識，華文讀者更會從他提及的中國古詩文中多一分觸動和共鳴。讀者目睹一名外國人嫺熟地引用蘇軾《東欄梨花》的「惆悵東欄一樹雪，人生看得幾清明」時，怎可能不為此動容，動容在其牽起之同感，也可能是因為對自身文化的認知和認同不如外人而汗顏慚愧。

「人生看得幾清明」說的是人生能有多少個清明時節，來欣賞眼前美景，正好是《荷風細語》流露之見聞情感的縮影，在此借來充當簡介，好讓讀者對各篇娓娓道來的風景和情思有大概印象。永井筆下寫遍不少美景，從花草樹木，到春夏秋冬，把文字當作顏料一字一句繪畫出來，難得地將自然風物寫得非常純粹。讀到〈草帚〉

文中的描寫：「年中之勝景當推首夏之新樹或晚秋之黃葉。在這兩個時節裏，夕陽最美，或浸染於密葉之間望之如彩緞，或映照於黃葉之上觀之賽錦緞。然而新綠似花須臾而過，此種軟綠不長，待梅雨放晴、陽光漸強之時，綠色亦漸濃黑，遂沐於盛夏的塵埃中。不久，朝夕寒氣砭膚，風打枝梢騷然有聲，葉子邊緣變得薄黃，次第波及日陰處的小枝。木葉色變，蕭蕭而落。」寥寥數語卻寫盡景物朝夕季節的變換，不誇情不蓄意地展現最自然的風貌，如此點到即止，卻未盡然淡若白描的筆調，無違，同時無遺地將作者眼裏的勝狀客觀投射在讀者腦海。寫景如此，殊不容易，是學習描寫風景的絕佳楷模。類似的文字風景，於永井的小品中不難發現，他寫自然總是很自然，沒有把天地間的季節和萬物偽裝起來，該說是沒有將它們據為己有。

即使寫都市風貌，永井下筆一樣恰如其分，〈秋巷〉就這樣寫道：「這時候，走在繁華的大街上，這裏人流如潮，兩旁的玻璃窗內燈火閃耀，天空中一片明淨，顯現着夜的熱鬧。街角路口的飲食店，從放盆景的門口到馬路近旁，擺着成排的桌子，明亮的燈光下，身穿黑衣的侍者手捧杯盤來往如飛。各處的咖啡館裏傳出了小提琴曲和女人的歌聲。雜沓的人影中打扮得煥然一新、脇肩諂笑的女人往來不絕。」

沒有辛棄疾《青玉案》的「花千樹、星如雨」一般誇張，卻同樣點出都市的一片繁華熱鬧，呈現讀者眼前，過程中不必套上任何西方的文藝思潮或流派的風格，就輕易理解到他簡潔深刻的寫作特色。當下的語文教育，說到景物描寫時，常強調融情入景之妙，忽略其煽情對原有風景的破壞，陳腔濫調解讀比喻等修辭的效果，然後培養出刻板地傷風悲秋的閱讀策略，情況如當觀眾習慣觀賞強調視覺效果的動作電影作為單一切入點，略去了鏡頭展現的真實風景。然後，到寫作自然景物時，又教人公式化搬弄景物的象徵，還沒把風景刻劃好，就拿花草樹木「為賦新詞強說愁」，只管把天地萬物充當個人的寫作零件，未有展現原有的生命力，實在遠離「文貴自然」的本意。

讀者細閱各篇小品，了解到永井看過的美景着實不少，但不管是作者，還是我們，一生看到的美景能有多少？一看再看的機會又有多少？永井用文字回憶所見，或許想留住心中美景，而更多是詠歎光陰短促，美好時光下的事物偏總是留不住，這種傷離別的韻調不難從他的文章咀嚼出來。到過的地方越多，離開的地方也就越多，逗留過的時日越長，離愁別緒越見濃厚。永井在〈草紅葉〉這樣說：「一旦失去家孤身漂流四方，旅途上的風景就深深在心中播下了回憶的種子。當離開一個地方時，我總感到生離死別般的悲哀，懷着一定再回來的期待又遠去他方。」正是各種離愁別緒的真實寫照。離，既是離開了的風景，更是記掛遠離多時的美好光陰，展現今昔的距離。今昔，沒有累積一堆人生閱歷的話，誰也無法看出這種距離引來的欷歔，只因「昔」之不再，才慨嘆人生看得幾清明？我們讀盡永井看過的東京、上海、華盛頓、里昂、地中海等地，全都在他腦中變舊了。從寫景到抒懷，將風景越寫得美不勝收，則對離別了，遠去了的昔日更見難捨難離，要是你讀到各篇的文末，相信也無可避免地沾染上那樣莫名的傷感。現代提倡「斷，捨，離」，但那些沒法一看再看的風景已成回憶，當中的美好留在心裏，要「離」卻談何容易？

永井荷風對「美」的追求，其執着不下任何人，只是他比別人更清醒，深知再美的東西，人生也看不了多少遍。在那個照相機尚未普及的年代，人留不住美景，惟有留下文字。我們有幸通過文字欣賞早已消逝的東京、上海，以至歐美等地的昔日風貌，把美的印象留下來，而文字比相片還要保存得更多，因為讀者可從中讀到留存其中的情懷韻味，使後人可以多看幾回清新明媚的舊風光。

散文小品，不外乎説道理，寫風景，述心志，抒情懷，記的多是日常得不得了的物事，但越平常越難寫，永井荷風卻拿捏得恰到好處，可説寫之泰然，使讀之也泰然。上世紀中，小津安二郎的《東京物語》、《秋刀魚之味》，到近代是枝裕和的《橫山家之味》、《海街女孩日記》等電影，畫面從黑白到彩色，始終把生活日常的平淡拍得簡潔利落，卻又細膩動人，儼然是永井的文字中展現的味道。我不禁大感好奇，日本是否有這種述説生活的美好傳統在流傳呢？

李家豪

李家豪，筆名葭呺。香港中文大學文學碩士，曾入選文學院「院長嘉許名單」（二零一一）。火苗文學工作室成員。文章散見報刊雜誌。

荷風細語

十六七歲的時候

十六七歲的時候，我曾因病一時荒廢了學業。如果沒有這樣的事，我就不會像今天這樣，一直到老弄些閒文字，變成遊惰之身。我或許會成為一家之主，成為父親，度過普通人的一生。

我十六歲那年末，正是日中戰爭打得火熱的時候，患流行性感冒，第二年整個新年都躺在一番町的家中。當時，我閱讀了《太陽》雜誌第一號，我記得上面登載着誰作的明治小說史和紅葉山人的短篇小說《舵手》等。

到了二月，像原來一樣進了神田的某所中學，不到一週就又變得不好，這次直躺到三月末尾。博文館在「帝國文庫」這個總名稱下，開始復刻江戶時代的稗史小說也是這個時候。我記得在病床上通讀了《真書太閤記》，接着讀了《水滸傳》、《西遊記》和《三國演義》等浩瀚的書籍。少年時代在病中讀過的東西，似乎一生也忘不掉。中年以後，我想一旦有機會就重溫過去讀過的東西，可是至今沒有遇到這樣的機會。

大地震後，上海的演員在歌舞伎座演過孫悟空的戲，我觀看時清楚地記起了原作《西遊記》來。一提起《太平記》，我至今依然記得下海道的一節，能熟誦「踏碎落花如雪亂，遍野皆是賞櫻人」這樣的句子，使周圍的人大吃一驚，而對自己正在寫作的小說中的人物則有時忘了名稱，有時張冠李戴。

鶯聲既老、櫻花漸開之時，我好容易離開病褥，接受醫生轉地療養的勸告，放棄了學年考試，決定隨父親去小田原城外的足柄醫院。（在學校接受治療時的醫生是在神田神保町掛牌開辦暢春醫院的馬島永德醫學士。暢春醫院的庭內有池子，到了夏末開着紅白蓮花。那個時候市中人家的院裏能見到水池，並非甚麼稀罕事。）

我有三個月沒有外出了，從人力車上下來站到新橋車站上時，我生怕被人當成病人，所以很是難為情。乘上火車，帽子深深遮到眉梢，臉轉向窗外，也不願和父親搭話兒。當時從國府津車站前已有開往箱根的電車（但還未使用「驛站」這個詞），到了病院，被人領進二樓的一室，接受院長的診察後，不久就到了吃午飯的時辰。父親大概不願吃病院的伙食，他帶我到城內的梅園用餐。那時，小田原的城跡還殘存着石垣和護城河。原來有天主台的地方建立了神社，其旁有圍着葦牆的休閒茶屋，出租望遠鏡。我和父親去的那家料理茶屋，位於護城河畔茂密的松蔭裏，是編結着風雅的柴門的茅草葺頂的房子。門內一片梅林，梅花已過了盛時，眼下正在紛然散落。我呆立着仰頭觀看正向臉上飄下的落梅，父親回望着我，似乎很滿足的樣子。他口中吟誦古人的詩句給我聽，可我不懂甚麼意思。到了後年，當我誦讀大田南畝伴其子俶看到御藥園的梅花時所作的聯句，便想起於小田原城址觀賞落梅那天的事來，感到一種不可言喻的興味。

父親回到病院後一會兒，當日趁着天色未晚就急忙趕回東京了。我雖說到十七歲，但那時的中學生和今日不同，除了當日往返的遠足之外，很少有機會乘上一次火車。不用說，到小田原來那天也是頭一回。離開家單獨在病房裏做夢也是第一次。回到東京的家是過了梅雨、庭樹中可以聽到蟬聲的季節。因此，初次相逢的他鄉的暮春和初夏的風景不能不教給病後的少年以幽愁的詩趣。

病院建在城外小山的山腹上，從病房的窗戶裏，躺臥着即使在陰雨天也可望見伊豆的山影，晴天裏可以看見大島的煙靄。連着庭院的後面的丘陵，有一片桔樹園，在那前邊山地上茂密的松林和竹叢中，終日能聽到黃鶯和頰白的鳴囀。最先一個月內，每天只許散步二三小時，所以我不愛去城裏，大都在這山岡的松林間散步，坐在樹根上看箱根雙子山頂往來的雲彩，以消磨時光。隨着雲朵的往來，山色的變化是罕見的景觀。人躺臥在病室裏，只能隨便瀏覽一些從書舖裏租來的小說。

博文館的《文藝俱樂部》和這年新年的《太陽》同時刊出了第一號。我曾經閱讀過的但今日留在記憶中的已經一無所有。「帝國文庫」的《京傳[1]傑作集》和一九[2]的《徒步旅行記》，還有圓朝[3]的《牡丹燈籠》、《鹽原多助》等，從書舖老闆手中借來的時候，看看裏頭的插圖，比起文章記得更為鮮明。

當時發行的雜誌中最高尚最難得最尊貴的是《國民之友》[4]《柵草紙》[5]和《文學界》[6]三種。還在未生病的時候，我和同班同學一道曾去位於神保町角落裏的中西屋書店購買過這些雜誌。我記得只買過這些書刊，至於記事類則一點也沒有印象了。中西屋店頭上擺着當時武藏屋發行的近松的淨琉璃[7]、西鶴的好色本[8]，但只看過封面，沒有買過。我十六七歲時讀書的趣味是極為低下的。

在小田原病院住了四個月，其間讀的書可以說只限於講談筆記[9]和馬琴[10]的小說。後來看戲，才發現閱讀講談筆記時所記住的故事情節非常有用。

從東京家中送來了當做教科書使用的蘭姆的《莎翁故事》、阿賓努的《寫生手冊》，所以也經常一面查字典一面閱讀這些書籍。

今天的中學裏教英語使用甚麼書我一無所知。中學學英語有害無益這一說法似乎漸漸盛行起來。我想起我們三四十年前在中學讀過的英語書目，現舉出一些也還有點意思。當時，英語是小學三四年級添加的課目，教科書是美國出版的《國語讀本》。進入中學一二年級，使用的是當時文部省新編的英語讀本，書名現在不記得了。這個讀本是英國人教師為糾正學生發音使用的，譯讀時日本人教師使用的是另外的書。現在還記得其中有麥考利[11]的《庫勒弗傳》，帕萊的《萬國史》，富蘭克林的《自敍傳》，哥爾斯密[12]的《威克菲特牧師》。此外還有薩·羅傑斯·德可巴利，巴黎亭子間學者的英譯本等。我記得還曾讀過中村敬宇[13]先生譯成漢文的《西國立志篇》的原文。

初中畢業，準備投考高中時，以及後來上了神田錦町的英語學校之後，我們開始閱讀狄更斯的小說。

話題回到前頭，我七月初回到東京的家，不久學校照例放暑假，便和家人一起到逗子的別墅住到九月才去上學。這回沒能和過去幾年間同班同學在一起，而成了留級生，不像以前那般對功課感興趣了。下課的時候，我獨自呆在操場的一角裏，一心學習寫作當時剛剛接觸的漢詩和俳句。

根岸派新俳句開始流行正是那時候的事。我把《日本新聞》連載的子規的《俳諧大要》的剪報貼在筆記本裏，反覆閱讀，學習寫俳句。

漢詩的作法最初是跟父親學的。其後拿着父親的信進入岩溪裳川先生之門，每個星期日聽講《三體詩》。裳川先生那時是文部省的官吏，住在市谷見附四番町的後街，從門口到走廊高高堆放着古書，壁龕裏是高約二尺的孔子坐像，此外還有兩尊相同的木像。這些我至今都沒有忘記。

我在裳川先生講詩的座席上初次結識了亡友井上啞啞君。

那時所作的漢詩和俳句的稿本，有昭和四年秋的感懷，連同成人後所作的各種原稿一起，都被我從永代橋悉數扔到水裏，現在一點也記不得了。

我曾被雜誌的記者問起少年時代的事，後來將這些事加以回憶寫了這篇記事文章。然而講述過去，如同醒後追尋前夜的夢境並向人敘說，兩者是一樣的。

鷗外先生曾在題為《我十四五歲的時候》的一篇文章中這樣寫道：

過去的生活就像吃過的飯。飯消化了變成生命的汁水，變成未來生活的基礎。同樣，過去的生活變成了現在的生活之本，也將變成未來的生活之本。然而，生活着的人，尤其是身體健康而生活着的人，誰也不會再考慮吃過的飯這樣的事的。

確乎如此。如今，從現在的生活的角度，正確回顧一下已變成其基礎的過去的生活，並加以無誤的記述，這也不是容易的事。分析糞尿可以測知飲食為何物，至於說出進食時剎那的香味並能使人垂涎三尺，卻只有巧舌如簧的人才能辦到。而我沒有這樣的辯舌。

乙亥正月記

註釋：

[1] 山東京傳，浮世繪畫家北尾政演（一七六一——一八一六）的畫號。

[2] 十返舍一九（一七六五——一八三一），江戶後期戲作文學家。

[3] 三遊亭圓朝（一八三九—一九零零），落語家（滑稽相聲作者）。以寫作表演言情故事見長。

[4] 一八八七年二月創刊，由民友社發行，德富蘇峰主辦。標榜民主主義，以發表社會評論文章為主。

[5] 森鷗外為促進新文學運動於一八八九年創辦的文學雜誌。

[6] 創辦於一八九三年的文學雜誌，同人有北村透谷、島崎藤村等人。

[7] 江戶時代由三味線（三弦琴）伴奏的講唱藝術。近松門左衛門（一六五三—一七二四）是其代表作家。主要作品有《曾根崎情死》、《國性爺合戰》等。

[8] 井原西鶴（一六四二—一六九三），江戶時代浮世草子（通俗小說）作家，他的描寫男女戀愛及欲情的作品稱為好色本。如《好色一代男》、《好色五人女》等。

[9] 講說軍事武俠、人情故事的話本。

[10] 瀧澤馬琴（一七六七—一八四八），江戶後期話本的作者。代表作有《南總里見八犬傳》。

[11] Thomas Babington Macaulay（1800-1859），英國政治家、著述家。曾做過自由黨下院議員、陸軍部長，致力於印度殖民地法制改革。著有《英國史》等。

[12] Oliver Goldsmith（1728-1774），英國作家，出生於愛爾蘭。

[13] 即中村正直（一八三二—一八九一），西學家、教育家，號敬宇。江戶人。組織「明六社」，提倡西方文明，曾做過貴族院議員。譯著除《西國立志篇》，還有《自由之理》等。

十九之秋

閱近年報紙的報道，東亞風雲愈益迫急，日中同文之邦家也似乎不違訂立善鄰之誼。我曾於十九之秋隨父母遊歷上海，想起此事恍如隔世。

記得孩提時代，我看到父親的書齋和客廳壁龕裏懸掛着何如璋、葉松石、王漆園等清朝人士的字幅。父親喜好唐宋詩文，很早就同中國人訂下了文墨之交。

何如璋是明治十年起長久駐紮東京的清朝公使。

葉松石也在同時被最初的外國語學校聘為教授，一度歸國後再次來遊，病死於大阪。遺稿《煮藥漫抄》開頭載有詩人小野湖山撰寫的略傳。

每年到了庭裏梅花飄散的時候，客廳壁龕內總是懸起何如璋揮毫的東坡絕句。我直至老耄的今日[1]還能背誦下邊這二十八個字：

梨花淡白柳深青
柳絮飛時花滿城

惆悵東欄一樹雪
人生看得幾清明

何如璋在明治的儒者文人中看來頗受器重，當時刊行的日本人詩文集幾乎沒有一部不刊載何氏的題字、序文或評語的。

我離開東京是明治三十年九月，出帆之日和所乘輪船的名稱如今已不記得。我比雙親先一步從橫濱上了船，在神戶港和不久從陸上趕來的雙親相會合。

船為了裝貨停泊了兩天兩夜，其間，我一人走訪了京都、大阪的名勝，生平第一次嘗到了旅行的樂趣。可是當時的事大都忘記，只記得一件，就是在文樂座劇場聽了一次後來成為攝津大掾越路太夫的《阿俊傳兵衛》。

不久，船抵長崎，一位身着雪青色絲綢長服的中國商人，銜着煙卷乘小船來訪問父親。當時，長崎尚無停靠輪船的碼頭。我聽到來訪的中國人回去時一邊走下輪船的扶梯，一邊呼叫名為「舢舨」的小船的聲音，覺得彷彿有一種身處異鄉的難言的快感，這件事至今不忘。

早晨抵達長崎的船當天日暮時分解纜，次日午後進入吳淞口，暫時於蘆荻叢中等待漲潮，然後徐徐駛達上海的碼頭。父親辭官從商，從這年春天起監督上海某公司事務，因此碼頭上站着很多人相迎候。他乘上兩匹馬拉的包廂馬車，母親和我也乘上這樣的馬車。在東京見慣了鐵道馬車瘦削的馬，如今眼望着裝備精良的馬，顯得格外好看。馭者二人，馬丁二人，穿着紅領口和紅袖口的整齊的白制服，戴着紅穗子的斗笠，威風凜凜，那姿態和當時東京歐美的公使乘馬車走過皇宮護城河畔的情景一樣。我感到我們一家驟然成為偉大的人物了。

位於公司院內的父親的公寓，離碼頭不過二三百米遠，一聽到鞭聲，就馬上沿石牆進入鐵門，停在法國式灰色磚石結構的住宅的樓梯旁。

房子為二層建築，下面有兩間，是寬廣的客廳和食堂。將中間的拉門左右敞開，則變成可以跳舞的大廳堂。樓上有兩間圍着迴廊的住房，一是父親的書齋，一是臥室。不管坐在哪裏，都能一眼望到海一般寬闊的黃浦江的兩岸。父親把裏間給我作為旅居的住處，這間房子沒有迴廊，但坐在建有露台的法式的窗口，可以看到草坪對面作為辦公室的公司大樓，還有石牆後邊隔着道路的日本領事館。當時還沒有日本租界，領事館、日本公司和商店大都位於美租界的一隅。聽說只有橫濱正金銀行和三井物產公司位於英租界最繁華的外灘馬路上。

美租界和英租界之間一條運河，上頭有座橋叫虹口橋。過了橋面臨黃浦江岸有西式公園。我用罷晚餐，在公司的人引領下到公園散步，經過一個多小時回來，其路程往返大約四公里。

不一會兒，進入裏面的一室就寢，我雖然感到旅途的疲乏，卻很難入睡。與其說我從上陸的瞬間只是感到新奇，不如說我至少被一種東西深深激盪着。當時我還不懂「異國趣味」這個詞兒。我只是覺得一種感官的興奮，我還沒有自覺地對此加以解剖的智識。

但是，日復一日所經歷的異樣的激動，漸漸朦朧地使我感知被海外的風物和色彩所喚起的東西。中國人的生活有着強烈的色彩美。沿街走着的中國商人，乘坐獨輪車的中國婦女的服飾，站在十字路口的印度巡捕頭上盤着的白巾，土耳其人帽子的色彩。河面上往來的小船的顏色。再加上種種聽不懂的話聲。儘管我還不懂得西方的文學藝術，但這些聲音不能不使我的感官受到強烈的刺激。

一天，我遇到邊敲銅鑼邊在街上行走的道台的行列。在另一天晚上，又遇到了以號泣行進的婦女隊伍為先驅的送葬的行列，對這種奇異的風俗我睜大了眼睛。張園的樹林裏簪着桂花的中國美人駕着幾輛馬車奔馳的光景，古舊的徐園迴廊裏懸掛着聯句的書體，薄暗的中庭裏開着的秋花的寂寞，還有劇場和茶館相連的四馬路的熱鬧。及至見到這些，對於異國色彩的激動心情愈益強烈起來。

大正二年，革命興起之後，中國人改變了清朝二百年的風俗，和我們一樣採用了歐美的東西。所以在今日之上海，三十多年前我所目擊的色彩之美，也許早已在街道上不復存在了。

當時我看到年輕美貌的中國人，辮子梢頭編織着長穗子的綢帶，每走一步，那綢帶梢兒碰在穿着緞子鞋的潔白的足踵上，不住地擺動。我想這是多麼優美纖巧的風俗！那織着漂亮花紋的綢緞長衫上，罩着色彩鮮麗的滾邊的大外褂，成排的鈕扣上運用象眼繡精巧地鑲嵌着寶石，長穗的綢帶上還綴着各式各樣的小袋子。看到男裝之美甚至超過了女服，實在令人羨慕不已。

清朝的曆法和我們江戶時代一樣使用陰曆。一日，隨父母乘馬車遠馳郊外，尋訪柳、蘆、桑連綿無際的平原上唯一的古刹龍華寺，想起登上那座塔頂那天正是舊曆九月九日，也就是重陽節。重陽節登山賞菊，採摘茱萸之實以賦詩，自江戶時代起成為學習唐詩的日本人之雅好。上海市內沒有可登的岡阜，也沒有可以遠望的山影。到郊外的龍華寺去登塔，從這裏可以於雲煙渺渺之中望到一列低伏的山脈。父親在車上對我講述了以上這些。

昭和時代的日本人，將秋晴之日的遊山稱為hiking，用的是英語。照我等之頑民說來，古來所慣用的「登高」一詞足矣。

這年陰曆九月十三是陽曆甚麼日子，我不記得了。但是在我寫這篇文字時，想起了某晚父親吃罷晚飯在書齋裏雜談的情景。他曾出示即興詩一篇，這詩成了父親的遺稿：

蘆花如雪雁聲寒，
把酒南樓夜欲殘，
四口一家固是客，
天涯俱見月團圓。

我這樣長期待在上海，總想找個合適的學校就讀。如果回東京，必須接受徵兵檢查。要想進高中，就得學習美術甚麼的。我對這些極為討厭。然而，我的願望沒有得到允許，這年冬天，母親返回東京，我也跟着一起乘上了輪船。那時節已經看不到公園裏駕馬車的中國美人簪釧上的菊花了。

這些都成了三十六七年前的舊夢。歲月不待人，匆匆過去的事兒誠如東坡所言：「惆悵東欄一樹雪，人生看得幾清明。」

甲戌十月記

註釋：

[1] 本文寫於甲戌（一九三四）年十月，作者當時只有五十五歲。

雪日

*

陰霾無風，自打富士山風狂吹之日起，寒冷更加浸入肌膚，守着被爐，下腹陣陣隱痛。這樣的日子持續一天兩天，到了某日臨近傍晚時分，等待很久的小雪既不顯眼也不出聲地下起來。於是，踏在街巷溝板上的木屐變成了小跑。聽到了女人們的叫聲：「下雪了！」外頭馬路上賣豆腐的粗聲粗氣的吆喝也驟然變得遙遠而微弱了。……

每當下起雪來，我就立即想起明治時代沒有電車和汽車的東京。大街上一下雪，就出現別處所看不到的固有的景象。不用說，這裏自有和巴黎、倫敦下雪時全然不同的趣味。巴黎街上下雪，令人想起普契尼[1]的《波愛姆》樂曲。哥澤歌謠中也有人人會唱的《藏羽織》[2]：

藏起羽織褂，

挽住郎衣袖。
「今天非走不行嗎？」
邊説邊起站到櫺窗下，
細細拉開一條縫兒：
「哎呀，快看，這場雪。」

這首被遺忘的前一世紀的小曲兒，每逢下雪的日子，我心中總會想起來低吟一番。這歌詞沒有一句廢話，那種場合的急切的光景，那時候的綿綿情緒，通過洗練的語言的巧妙運用，較之畫面更鮮活地表達出來了。「今天非走不行嗎？」一句，對照一下歌麿的《青樓年中行事》的畫面，就很容易理解我的解說不差吧。

我還想起為永春水[3]的《辰巳園》中的一章。丹次郎訪問闊別已久的情婦仇吉於深川的密宅，舊歡相談之中，日暮雪落，欲歸不能歸，二人情意纏綿。同一作者在《港之花》裏，描寫一個女子為戀人所棄，躲在護城河邊一貧窮人家裏度日，下雪天沒有木炭，終日流淚不止。一次，從窗戶的破洞裏看到一個似曾相識的船夫划着豬牙船駛過，她喊住船夫，求他捨點木炭。往昔，城鎮下雪的時候，必定能感受到三弦琴音一般的憂愁和哀憐之情。

我寫《隅田川》這部小說，正值明治四十一二年的時候，和竹馬之友井上啞啞兩人，一邊談論着梅花尚早，一邊在向島上散步。於百花園稍事休息之後，一回到言問渡口，只見沿河一帶早早瀰漫起夕靄來。對岸燈火閃爍，尚未暗黑的天上無聲地落下雪來。

今日終於下雪了嗎？想到這裏不由心中彷彿變成狂言喜劇中的人物一般。傾聽淨琉璃時那種柔軟的情味充滿心間。我們兩個不約而同佇立於原地，眺望着漸漸幽暗的河水。突然耳邊響起女人的聲音，向那裏一看，長命寺門前茶肆的老闆娘正在收拾廊下茶几上的煙盤。內有「土間」，屋內的座席上已經亮起了燈光。

朋友呼叫老闆娘倒杯酒來，要是天晚嫌麻煩，就來上一瓶。老闆娘除掉頭上打扮得像個老姐兒般的毛手巾，說了聲：「慢用，店裏沒有甚麼好吃的。」說罷就往榻榻米上鋪被褥。這是一個三十歲光景，精明伶俐的女子。

端上炒紫菜和一壺酒，老闆娘用親切的語調問我們冷不冷，並捧來了地爐。親切而給人以好感，機智而又靈活，這種待客的態度在當時也許並非少見，但今天回想起來，連同那市街的光景，那番心情，那番風俗，再也難得一見了。有些事物一旦離去遂不復來，不僅是短夜的夢境。

朋友將自斟的一杯酒送到唇邊。

雪日不飲者，雙手袖懷中。

他吟罷隨即看看我。我也對了一句：

不飲酒之人，獨看山上雪。

這時，老闆娘前來換酒壺，向她打聽船的消息，她說已經沒了班次。輪船只開到七點，只得又坐了一會兒。

無船賞雪歸，一路跌筋斗。

行船觀雪景，心地多平靜。

那天所記下的手稿，其後和各種廢紙一起捆成一束扔到大川河裏去了。如今碰到下雪，那夜晚的情景，還有那人情溫潤的時代，以及早已去世的朋友的面影，只是朦朦朧朧地浮現於記憶裏。

*

一到催雪的寒日，現在還能記起大久保家的庭院裏有一隻黑色的山鴿飛來。那時父親已經去世，只有母親和我兩個住在空曠的家裏。寂寞的冬天，整個上午霜都不化，母親一看到有隻山鴿不知打哪裏飛來這裏，就說山鴿來了，又要下雪了。究竟有沒有下雪，已經記不清了，但後來一到冬天，山鴿就飛到院子裏來。不知怎的，這件事長久刻在我的記憶裏。催雪的冬日，一到日暮時分，心情就倦怠沉滯，寂寞難當。這也許因為，日復一日一種無法忘懷的幽思，長年累月不時喚起追憶的悲戚吧。

其後又過三四年，我賣掉牛込的家，在市內各處輾轉租房居住，來到麻布度過了近三十年的歲月。當然，在這世界上，包括母親在內，我已經沒有一位親人活着了。這個世界只有素不相識的人的難解的議論，聽不懂的語言，聽不慣的聲音。然而，往昔那牛込的庭院裏每當山鴿飛來徘徊時那種寒冷的催雪的天空，直到現在，每年一到冬天，依然使我居住的房屋的玻璃窗，蒙上一層灰色。

那隻鴿子不知怎麼樣了，也許牠還和過去一樣，至今依然在那古老的庭院裏的綠苔上散步吧？……忘卻日月的阻隔，那時的情景歷歷又在眼前。「鴿子來了，要下雪了。」我又彷彿聽到母親不知從甚麼地方發出的微弱的聲音。

回憶將現實的自我引領到夢幻的世界，把人的身體投進那徒然仰望無法到達的彼岸時而產生的絕望和悔恨的淵藪……回憶是具有歡喜和愁嘆這兩方面之謎的女神。

*

七十歲這天漸漸臨近了。我也許不得不活着，一直到七十歲成為一個醜老人。但我並不想活到那個年歲。不過要說今晚閉眼睡去就是此生此世之所終，那我也定會大吃一驚，感到悲哀。

既不想生，也不想死。這念頭是每日每夜出沒於我心中的雲影。我的心不明不暗，好比那陰沉苦寂的雪日的天空。

太陽必定要沉沒，太陽必定要燃盡。死或早或晚總會到來。活着的時候，我懷念於心的是寂寥。有了這寂寥，我的生涯中才會有淡薄的色彩。如果我死了，我也希望死後能有這樣淡薄的色彩。這樣一想，我就感到生前於某時某地愛戀過的女人，還有分別後遺忘的女人，要和她們重逢，只有在那冥冥世界冷寂的河畔了。

啊，我死之後依然還會像活着一樣，時而相逢，時而分別，不得不飲泣於離別的悲苦之中吧……

*

藥研護城河依然如故畫在昔日的江戶繪圖上。那時候，兩國橋下的水流通到舊米澤町的河岸。那時候，從東京名勝「一文蒸汽」的棧橋，一字排開着通往浦安的大型渦輪汽船，有時也有兩艘三艘繫纜於別處的棧橋上。

我成為朝寢坊夢樂説書人的弟子一年餘，每夜出入於各處的書場。這年新年過後的下半月，師傅才有了自己的書場，是位於深川高橋附近的常磐町的常磐亭。

每日午後都要到下谷御徒町的師傅夢樂的家裏，幫忙處理各種家務，最遲過四點鐘必須到書場的樂屋。到了那個時限，不管前座的主僧來沒來，都要咚咚敲起樂隊的大鼓。門口照應客人脱鞋的夥伴，遠遠看到街上的行人，「歡迎，歡迎」地使出吃奶力氣大聲吆喝。我從帳房拿來引火，在樂屋和演出席的火盆裏生起炭火，等待上班的藝人一一進入樂屋。

從下谷到深川，當時可乘的交通工具只有通往柳原的紅馬車和大川河裏的「一文蒸汽」。過年是一年之中最短最冷時節的事。從兩國乘船到新大橋上岸，再到六間護城河的橫町。這時，籠罩於夕霧裏的水邊的市鎮，天色易晚，道旁的小屋內點亮了燈火，街巷內湧出了晾曬衣物的氣味。人們踏過木橋的木屐的聲響，傳達着這座市郊小鎮寂寞的情調。

沒有忘記那夜裏的大雪，已經是傍晚，在兩國的棧橋等待「一文蒸汽」的時候，猝然掠過水面的河風，夾雜着灰塵般的細霰，順次飄向樂屋內藝人們的帽子和外套，入夜後泛出了白色。九時半，打過終場鼓，送走師傅的車子，出了大門，周圍一片銀白，路上沒有一個人影。

和打鼓的前座的和尚歸路不同，我每晚同下座彈三弦琴的十六七歲的姑娘——

名字忘記了，是立花家桔之助的弟子，家住佐竹原——一道，經安宅藏大道到一條巷，渡兩國橋，於和泉橋邊和她分別。然後，我獨自一人由柳原經神田到番町的父母家，悄無聲息地由後門鑽進去。

每晚結伴而行。有時走過暗夜深沉的本所的街道，行進在許多寺院和倉庫的寂靜的道路上，也會遇到天氣和暖、月色清明的晚上。

我們曾經一邊渡過溝川的小橋，一邊目送着鳴叫的雁影。我們曾經遇到狗的狂吠，被奇怪的男子盯過梢，兩個人氣喘吁吁地奔跑起來。我們幾乎每天晚上都能看到道旁歇擔的食品攤上的燈光，隨即用小豆稀飯和沙鍋麵條填飽空肚子，一邊捧着大餡餅和烤白薯焐手，一邊走過兩國橋。我們儘管一個是二十一二的俊男，一個是十六七歲的倩女，夜半更深，在岑寂的寒夜中，身貼身地走着，但卻未曾受到過警察的指責。今天想起這件事，便可知道明治時代和大正以後的社會的不同。當時世上的猜忌和羡怨之眼不像今日這般尖銳明亮。

一天夜裏，我和那姑娘照例走在平常那條道路上，剛踏出兩三步，雪花忽然埋沒了木屐的齒兒。風像要奪走傘，飛雪濡濕了面頰和衣服。那時候，時代還不容許青年男女用夾襖、大衣、手套、圍巾等物裝扮自己。這位在貧窮家庭成長的姑娘，比起我更習慣於惡劣的天氣，她十分麻利地挽起裙裾，一隻手提着木屐，只穿布襪子走路。她說，打一把傘兩把傘都一樣濕，於是兩人共握一把傘的竹柄，走在人家的廊緣下。不久就來到遠處可以望見伊予橋、近處可以看見大橋的地方。這時，姑娘突然跌倒，膝蓋跪到地上。我想扶起她來，可怎麼也站不起來。等到好容易站起來，又踉踉蹌蹌要倒下去。穿着布襪子的雙腳看來已經凍僵，變得麻木了。

正在一籌莫展的時候，環顧周圍，風雪之中看到麵條館迷濛的燈火，一陣欣喜。姑娘吃了一碗熱氣騰騰的麵條，立即恢復了精神，又在雪中繼續走着。我當時為了驅寒，獨自一人喝了一大杯平時不飲的熱酒，走在路上，可怕的醉意襲來。雪夜道路難行，步履越發危險，本來自己的手握着姑娘的手，這回不知何時，搭在她的肩膀上了。窺伺的臉孔互相接近，面頰就要碰到面頰了。周圍正如高踞於演藝席上說書人所講述的那樣，彷彿都在不停地旋轉着，究竟是本所還是深川，地點越發分辨不清了。我正在恍惚之間，腳下被甚麼一絆，咕咚跌倒在地，好容易才被姑娘抱起來。一看，這下子正好，木屐帶子斷了。看到道旁竹子、樹木如密林一般，就躲到林木背後。這裏既沒有雪，也沒有風，白雪覆蓋的道路也被遮擋得看不見了，完全是另一種天地。姑娘本來說，回去晚了要挨繼母的罵，所以急着趕路。這回她也鬆了一口氣，撫摩一下被雪打濕的結成雙鬢的鬢角，絞了絞衣袖。我不再瞻前顧後了，只覺得醉意征服了自己，以至於二人之間忽然演出了一段風流韻事來。這也不足為怪。

第二天，街上各處出現了雪人，掃在一起的雪堆積成小山，不久，那雪人，那山，漸漸消融變小了，隨後消失了蹤影。道路完全乾了，又像原來一樣，沙塵隨着河風瀰漫大地。新年早過去了，到了「初午」的二月，師傅夢樂的「特席」由常磐亭改到小石川指谷町的「寄席」，而且那位姑娘從這月起不去下座而去高座了。她再不到小石川的書場上來了。我倆夜歸時結伴而行的機會，從此再也不會有了。

一直不知道姑娘的真名，只知她家住佐竹，也不知是幾番地。雪夜的柔情隨着雪的消融而消失，連一點痕跡都不留。

像雨落在街巷裏，
雨也下在我的心中。

我想仿效魏爾倫[4]的那首名詩，假如我通曉那個國家的語言，我會唱道：

像雪堆積在街巷裏，
憂愁堆滿我的胸膛。

或者吟出：

像雪消融在街巷裏，
回憶消失得了無痕跡。

註釋：

[1] Giacomo Puccini（1858-1924），意大利歌劇作曲家。

[2] 一種套在和服外面有折領的日式外衣。

[3] 為永春水（一七九零—一八四三），江戶後期戲作文學家。作品有《春色梅曆》、《春色辰巳園》等。後因敗壞風俗罪受到處治。

[4] Paul Verlaine（1844-1896），法國詩人，象徵派代表。

懷中禿筆

——答某人

回想起來是一九零七或一九零八年時候的事了。我遂了多年宿願第一次看到了巴黎，我曾想哪怕不等到明日就死也沒有怨言了。我如今呼吸着泰西諸詩星呼吸過的同一座都市的空氣；我如今踏響着同一條街道上的石板路。世界的美妓名媛採摘過的花，我到原野上也同樣可以採摘到。我像凡爾納一樣手捧咖啡杯，像雷涅一樣在古堡上散步，像都德一樣眺望塞納河水，像哥拜一樣進入舞場，像戈蒂埃一樣徘徊於畫廊，像繆塞一樣經常哭泣。……就這樣，我成了世界上最幸福的詩人。無論如何，我有了頂禮膜拜的眾多的偶像。十七世紀以降到二十世紀，大凡姓名被寫入法國文藝史上的，悉為我心中之神。然而，我不能用法語寫作，我只能用日語表述我的感想。這一弱點忽而化為受傷的功名。如果我能自由運用法文，也許會升起一種狂妄的野心：學習莫里亞斯[1]，輕易以一個外國人登上法國文壇又有何難？然而幸哉，我的西洋崇拜的詩作盡皆是日文，一出現於日本文壇就有許多地方與當時文壇的風潮相一致，忽而贏得虛名。此乃蓋出偶然。

歲月匆匆近十歲。我今日回顧當時之事真可謂茫然如夢。無論如何，我已不能以當時的感情看事物了。事物或許相同，而心情已完全改變。我當然對於日本的風景及社會極力以皮埃爾·洛蒂放浪詩人的情懷加以觀察，氣候、風土、衣服、食品、住居之類首先透過我的肉體漸次使我的感覺也日本化了。同時，那個時代的政治以及社會狀態，每每使我想到自己仍舊宛然處於封建時代。其實這是個忌諱「封建」這個字眼而去除封建的美點，僅僅保留其惡弊的劣等的平民時代。也許這樣稱呼更為妥當。

幻想漸次被破壞了。我不能學某一派的詩人那樣喜好誇張和假設，用銀座大街的燈火比擬法國林蔭大道的熱鬧；以帝國劇場隱喻話劇；將日比谷公園和盧森堡公園相提並論。這比起江戶時代的漢學家搞文字遊戲，將御茶之水稱作茗溪，將新宿寫成甲驛或峽驛還要無聊。我深知舶來的葡萄酒和雪茄的高價，但我覺得單憑留聲機裏的瓦格納和照片上的高更，到底無法評論西洋的新藝術。日本文學家的事業不應只限於閱讀舶來的報紙雜誌上的小說評論。

我讀西洋小說，想像那些作家的生活，翻然目擊日本的現在，時常感到不可思議。俄國小說家高爾基據說窮得無家可歸，然而尚能伴妻子長久遊歷意大利。日本人偕家眷一起遊意大利者能有幾人？皮埃爾．洛蒂是法國海軍軍官，他舶船長崎，眠花臥柳，並將這事寫進小說，以此文名播揚於世。假如洛蒂身為日本帝國軍人，他終將會以風紀問題立即被革除軍職。我曾觀看《威廉．退爾》這齣戲，受虐待的瑞士士民和他的主人談話的態度充滿豪氣，決不像我們的佐倉宗五郎[2]那般戰戰兢兢。哈姆雷特刺殺其叔父時似乎也沒有那麼多煩惱。泰西文學無論古今全然是西洋化的，同背負兩千年固習的我們現在的生活感情毫無干係，簡直相距十萬八千里。

我的身體常常不頑健，寒暑苦多。曾於病榻上讀過鄧南遮的著作，我感到紙面上洋溢着作家豪壯的意氣。假如讓我舉出他的名篇，我認為比起含蘊的藝術信念，他首先創造了猛烈的精力，那種於黎明時躍馬揚鞭、跋涉山野的氣概。其次，我感受到於馬廄中養育駿馬的資力和可供馳騁的廣漠的平原。因為這些，鄧南遮的著作之於我，如同仰望炎天的太陽。

西洋近世的藝術，文學且不用說，至於繪畫、雕刻、音樂，已不像過去那樣侈談廣漠高遠的理想，而是排斥概念的理論，一味致力於汲取鮮活的生命之泉。由於信仰動搖而厭世懷疑的時代已經過去，發揚生命的力量並於此尋求深甚的歡喜與悲痛。我本來並非一個想對抗世界思想的人，但以我們現今的生活如何適應魏爾倫詩中有時所表現的那種過份猛烈莊嚴的生命的力量呢？西洋近代思潮像過去一樣使我們昂奮刺激，但首先使現在的我們更加厭惡和絕望。我決非厭忌那些華艷輝煌、勇猛奮進之士，我只是説我更崇拜那些心性安然、恬淡度日、不慍不怒、頤養天年的中國隱士。在這裏，江戶時代和中國的文學美術又使我感到無限的慰安。這些事我已經在我的浮世繪論中講述多次了。

我至今依然繼續尋求與我的體質、我的境遇、我的感情最為親密的藝術。我想雲遊於將現代日本政治以及社會諸般事象均置之度外的世界。我想將興趣轉向不活動於社會表面的無業者，或結束官差的義務而隱退的老人們的生活之上。我想倚着牆壁觀看和車水馬龍的街道相隔離的庭園裏的花鳥，忘掉憂苦的心懷。人生常常具有兩面，如天上有日月，時光有晝夜。活動與進步之外，靜安與休息不又是人生的另一面嗎？我想捨棄主張的藝術而奔赴趣味的藝術。我是個不顧慮現實文壇的趨勢，不問國之東西，不論時之古今，只想尋求最接近於我並安於現狀的人。意大利未來派詩人馬里內蒂，兩三年前當我聽聞他的名聲就閱讀了他的著作。然而只因他所說的人生奮進的意氣未免過於豪壯，忽而棄之不顧。我以為，比起戰死沙場求取功名的勇士的覺悟來，還是留在家中養育孤兒的老母和點燃起寂寞爐火的老父的心情更值得哀憐。比起罵世而憤死者，那些無心無欲、順應時世者的胸中更多一層同情。

處世苦如矮屏風，
折腰折腰再折腰。

自從我於京傳所描繪的《狂歌五十人一首》中發現了這一首，才開始想到狂歌之不可棄。

當然，我並非主張叫人都來吟詠狂歌，畫浮世繪，聽三味線。我只是想到了為西洋文藝美術中所沒有而又有時足以寄托我們情懷的東西。我只是想努力從故國文藝中發見能夠激發我現在詩情的東西。文學家的事業，不可勉強求得和文壇風潮的一致。它本來並非營利的商業。當此值於一切迎合西洋的時代，文學美術只要師範於西洋，皆為世人所歡迎。這是明若觀火的事實。然而，我恥於那種不要自由卻大力倡導革命；沒有幽妙的聯想卻頻頻談論泰西音樂；沒有求知的欲望卻一味宣傳西洋哲學的新論；或者缺少生命的活力卻拚命歡迎未來派的美術等輕意之舉。更何況那些創造無用的新詞兒，將文藝批評變成報紙的社論，提出一些特殊的問題以博取人心等自作聰明的行為。

我如今只想自我引退，遠離進取的態勢。所幸，我具有戲作者的氣質，受到所謂現代文壇急進派的排斥和厭惡實乃心中所願。固草此文於茲。

大正三年甲寅初春

註釋：

[1] Jean Moreas（1856-1910），法國詩人，生於雅典。

[2] 佐倉宗五郎（一六零四—一六四五），江戶時代義民。為反抗領主重稅赴江戶為民請願，直犯將軍家光，連同妻子被處以磔刑。

十日菊

一

這是庭中的山茶花開始散謝的時候。地震後舉家遷往阪地的小山內君，陪伴普蘭敦社的主人一起上東京來訪問我家。兩君的來意似乎想對近年徒然養拙的我給以激勵，使我執筆寫小說。

我的舊書桌抽斗內久已藏有二三份草稿，但我深知皆為不堪一見的凡庸之作，不過是寫到一半丟棄的廢紙。取出這些廢紙重新加工成草稿實為我所不忍，然而，無視舊友之好意則更為我所不忍。

冥思苦索終於想出一個對策，我決定詳述為何對筐底之舊稿久久不能加以改寫的理由，聊塞一時之責。題為「十日菊」，可以理解為此中暗寓着災後過重陽節歡迎朋友來訪之意。自己對未完成的舊稿饒舌再之，甚落伍於時代潮流，即便如此又有何妨？

二

還是僑居於築地本願寺側的時候，我曾振奮精神寫過長篇小說，題亦名為《黃昏》。開端大約只寫了上百頁就投筆將草稿塞進桌子的抽斗裏。其後移居現在的家已經四五年了，其間抽斗裏的稿子被一頁頁剝去，做成擦拭煙袋油的紙捻兒，或變成揩拭油燈油壺和燈罩的廢紙。百多頁的草稿如今已所剩無幾。我這裏必須說明：每當風雨過後，電燈熄滅，舊時代的方燈和油燈成了今日世界必備的用具。

要問我為何拋棄上百頁的草稿，因為正當進入本題的時候，我忽然發覺作品中所要描寫的女主人公的性格尚未觀察熟透。我所描寫的主人公某女子從美國大學畢業後回到日本，和女流文學家交往，並且在神田青年會館召開的由某婦女雜誌舉辦的文藝講演會上作了一場演說。寫到這裏我擱筆嘆息。

起初我之所以那樣毫不費力地描寫女主人公的老父等待愛女歸朝的心情，是因為對維新前後人們的性格自以為了解到可以放心的程度，與此相反，對於當時所謂新型婦女的性格、感情，總覺得彷彿霧中觀物，沒有把握。我深知藉口寫小說為彌補觀察之不足，憑想像進行寫作是非常危險的。我決定中止寫作，直到找到適當的模特兒那一天。

我決定不管寫成怎樣的片斷，只要一脫稿，就一定找來亡友啞啞子朗讀拙稿，聽取他的批評。這是我未登上文壇時就養成的習慣。

啞啞子弱冠之頃，愛讀式亭三馬之作和齋藤綠雨之文。他期待着他日會出現不亞於二人的諷刺家。他看了別人的文章對於指出其弊病頗得要領。他曾如數指出一葉女史《青梅竹馬》中有幾個古語斷定詞；一一找出紅葉山人諸作中再三重複使用同一警句。用啞啞子的目光觀察，當時文壇上第一個文法不通的作家是國木田獨步。

這年某日從下雪的傍晚起，電車司機計議同盟罷工，我終日沒有外出，不知道此事。當築地的後街逐漸有藝伎的車子出入時，啞啞子突然來訪。他說從蠣殼町一下班就不得不踏雪走到這裏來了。當時啞啞子是每夕新聞社的校對科長。

「上次的小說已經寫完了嗎？」我領啞啞子到鐵道邊的宮川鰻魚館，路上他這樣問道。

「不，那小說不行了。甚麼文學，當今的新女性我無法描寫，人物總感到是假造的，缺乏活氣。」

上了宮川館的二樓，走進一間屋子，打開後窗的隔扇能看到隔壁花匠積雪的庭院。剛坐下來我就一一談起寫作的苦心。啞啞子時時揚起長長的下巴，空腹喝了五六杯酒，忽然帶着微醺的樣子說：

「女流文學家搞甚麼演講，不必特意去聽就可知道大概情景。像說書人一樣大侃一通，這就是藝術所以成為藝術的緣由嗎？」

「不過不進行一次實地觀察怎麼也放心不下。寫進小說的女人該穿甚麼樣的和服，心中一點底也沒有。人人總不能都穿仿造的大島綢吧。」

「我最近也不知道流行的假貨叫甚麼名字。贋品上只要寫着『大正』、『改良』等形容詞就行了。」

啞啞子總是不放開手中的酒杯。

「那號人穿的木屐大體是藤皮的馬蹄屐吧？後部凹陷，必須黏着鄉間紅泥土才行。木屐帶子鬆弛，插進十個大腳趾，撇着八字步，呱噠呱噠地走。」

「還有，你必須將『伊』和『哀』的音區別開來。聽聽電車上正在閱讀小說的女人的談話，十有八九是鄉巴佬。」

「我最近感覺東京話逐漸不合時宜了。不論是普通選舉，還是工人問題，關於所謂時事的議論，沒有鄉下土語就顯得不協調。使用純淨的東京語已經不能進行內閣彈劾的演說了。」

「是的，不光演說，文學也一樣。如果你運用不知是甚麼地方的語言，傳達不出作者的情緒和心境，作品也就失去了新意。」

啞啞子曾指出過硯友社諸家文章的疵累。當世人愛用的流行語，例如「發展」、「共鳴」、「節約」、「背叛」、「宣傳」等，説明其出處多基於西洋語彙的翻譯，吾人的耳朵甚是聽不習慣。

「這些奇妙的用語大都是住在東京的鄉下人造的。這些話語的流行，是那些不會熟練使用過去詞彙的人漸漸增多的結果。最近的年輕女子，看到嘩嘩的大雨也不會説風雨如晦，只會説低氣壓或暴風雨。問起路來，哪怕是對車夫，也把岔路口説成十字街，然後説還隔一條巷子，有的連對過的五穀神祠都不知道是幹甚麼用的。真是不像話。有人把木匠花匠做完活一律説成全部完成，『算賬』叫『會計』，『受取』叫『請求』。」

啞啞子像在説笑話。過一會兒我命女侍算賬，兩人一起陶然地走下鰻魚館的二樓。從傍晚起就不通電車的築地大街，一派望不盡的銀白，四周靜悄悄的，二人打着油紙傘，雪片落上去沙沙有聲。我勸他住一個晚上，他不聽，自以為平素有一副好腿腳，乘着醉意要走回本鄉的家。他踏雪向築地橋徒步而行。

三

同年五月，我於七年前寫成的《三柏葉樹頭夜間暴風雨》蹩腳的劇本，偶然被帝國劇場女優劇團連連上演兩場。我出入於帝國劇場的樂屋也從這時候開始。得以目睹劇團中諸多佳麗出浴的嬌艷姿態也從這時候起始。然而，帝國劇場自開辦到這時已經過十年星霜了。

這座劇場還沒有竣工的時候，也許當時因編輯《三田文學》之故，我和文壇諸先輩一起曾應邀出席在帝國飯店舉辦的劇場晚餐會，接着榮幸地又被招待參加舞台開張的晚會。我這一家甚為褊狹的趣味，使我以後的十年間時常為是否坐在這座劇場的觀覽席上而躊躇不定。要問這是為甚麼，今天已經沒有必要再說了。

今日在這裏必須說明的，不是過去來劇場為何那麼稀少，而是如今為何忽然頻頻來看戲。在拙作《三柏葉樹頭夜間暴風雨》未上演之前，當時還在樂屋進行排練的時候，我不僅連夜到帝國劇場去，還時常將女演員招到附近的咖啡館一同喝香檳。在這裏，有些消息靈通之徒，算計着我會幹出些艷事來。

從巴黎寄來的明信片上所能見到的那些閨中隱秘是否也在我身上發生過呢？這

裏且不必去說它。我只是想說，我確實希望以帝國劇場的女優為中介，接觸一些現代的空氣。久久只愛聽「薗八」和「一中節」[1]的我，也想拋棄自家褊狹的舊趣味，傾聽一下時代的新俚謠。我果真如我希望的那樣能夠脱掉進口細條紋的舊衣，追隨結城綢[2]的新花樣嗎？

現代潮流急劇變化，非同一般。早晨看到的嶄新的東西，到了晚上已經陳腐。槿花之榮，秋扇之嘆，在今天決非宮廷詩人的閒文字。我說過，帝國劇場開辦以來已經十度星霜，今日這座劇場內外的空氣果真足以觀察時代的趨勢嗎？這一點只能憑各人的所見了。

中途擱筆的長篇小說中的模特兒，我曾努力在帝國劇場上演的西洋歌劇和音樂會的觀眾中尋求過。我還對於有樂座上演的西洋歌劇的觀眾特別加以精心的注意。我感到我已漸漸懂得一些現代婦女的操履了。與此同時，我也越來越清楚我的創作上的困難之處。大凡藝術的製作需要觀察和同情。對於所要描寫的人物，作者沒有深厚的同情，其製作必然墮入缺乏感情滋潤的諷刺，小說中的人物最終只能是作者所提供的問題的傀儡。我所見的新女性，僅僅可以催興，只止於欣賞自家辛辣的觀察，再也無法超出其上，從內心引起同情是不可能的了。

我的眼底已有難以動搖的定見。定見和傳習的道德觀同樣都是審美觀。只有曠世的天才才可以打破它。

我的眼裏映出的新女性的生活，宛若婦女雜誌封皮上石版印的彩色畫，幾乎沒有選擇的餘地。新女性所具有的情緒，如同站在新開闢的郊外熱鬧的夜市上聽窮苦學生為討錢而彈奏的小提琴的歌唱。

最適合講述小春、治兵衛[3]戀情故事的是大阪淨琉璃，而江戶淨琉璃卻適合演唱浦里、時次郎[4]的艷事。瑪斯卡尼[5]的歌劇必須用意大利語才行。

然而，當今的女子披着窗簾花紋的外褂，髮髻遮掩着兩耳，像蒙着大黑頭巾，手中拎着烤章魚般的提包。要想宛然如生地描摹出她們走路的姿態，非得和這些模特兒生在同一時代，具有相同感情的作家不可。

江戶時代，為永春水年過五十寫完《賞梅船》，柳亭種彥[6]至六十歲依然孜孜不倦寫作《鄉下源氏》這部艷史。這些都不是單憑文辭之才完成的著作。

四

僑居築地本願寺畔起稿的我的長篇小說，除了變成擦拭煙油的廢紙以外，別無任何用處。

但是我並不因為徒費許多時日和紙張而悔恨。我平生寫稿必定選用石州製的生紙。我的未曾用過西洋紙的草稿一旦成為廢紙，就可用作掃除家中灰塵的撣子，也可揉成一團。帶進廁所，遠勝過淺草再生紙。說到這裏，廢紙的利用非羅列閒文字的草稿可比。

我半生志於文學並宣傳不用西洋紙和鋼筆不為別的，正是出於想使人知道如何利用廢物的老太婆心腸。

往時，在劇場的作者之家裏，如果有人開始想學習寫作狂言劇，老作家先不教他如何寫台詞，而是先教他如何拈紙拈兒。教拍子板的打法又在其後。我曾嘲笑這是陋習，現在才覺得是當然的程序。不會拈紙拈兒就不能綴紙本，而不會綴紙本就無法寫台詞。欲成其事必先利其器，這是毫不足怪的。有人說，現在操觚業者中其草稿使用日本紙的只有生田葵子和我二人。亡友啞啞子也從未握過鋼筆。

看到千朵山房晚年寄給《明星》雜誌的草稿，在無格的十六開和紙上用毛筆書寫着楷行交替的書體，清勁暢達，使人立即聯想起那泉湧般的文思。

我經常搬家，每次都帶着一株梔子花種在院中。不光是為了賞花。我是採摘其果實當作顏料在稿紙上劃格子用。那種情趣要比在這種稿紙上寫作時的心情清絕多了。一個全是無心的閒事；一個是雕蟲之苦，推敲之難，時常使人發出長長的嘆息。

今秋不可思議的是，免於災禍的我家的庭院早早來了冬的消息。擱筆偶爾看看窗外，半庭斜陽之中熟透的梔子花紅欲燃，正等待着人來採摘。……

大正十二年癸亥十一月稿

註釋：

[1] 「薗八」和「一中節」都是淨琉璃的流派。前者為江戶中期淨琉璃大夫宮古路薗八所創始，後者為京都的都一中所創始。

[2] 茨城縣結城所產絲綢，織工精細，質地堅牢。

[3] 淨琉璃《心中天網島》中的男女主人公。

[4] 淨琉璃一派「新內節」《明烏夢泡雪》中的男女主人公。

[5] Pietro Mascagni（1863-1945），意大利歌劇作曲家，代表作有《鄉村騎士》等。

[6] 柳亭種彥（一七八三—一八四二），江戶後期戲作文學家，本名高屋彥四郎，作品有《邯鄲諸國物語》等。

草紅葉

暫寓於東葛飾深草包圍的住居之後，有時從傳聞中可以知道一些東京的消息。

在我所熟悉的人中，為兵火奪走性命的大都是住在淺草的町中和公園的興衰有些關係的人。

大正十二年的地震中沒有焚毀的觀世音的御堂，這次也莫名其妙地變成灰燼了。火勢之猛烈，雖說同是三月九日夜晚，但包括我家在內的被燒的山手麻布一帶地方，似乎不能同這裏相比。那天晚上，我因為很早就抱着達觀的態度，因此十分悠然地看着自己的房屋和藏書被燒毀，直到天亮，一直同鄰人們聊天，既沒有燎到眉毛，也沒有一處燙傷。所以對於我這個從容鎮定的幸福的遭難者來說，聽到淺草死去的人們的最後情景，一下子無法理解。然而事實總得當成事實來接受。僅在那一個晚上，他們的姿影從活着的人的眼裏消失了，一年過去他們不會再度出現的話，便是確確實實不存在於這個世界上了。

那時沒過幾年，出現了一位年紀大約五十上下的夥計，黑衣帶上別着鐵錘，為歌劇館的舞台佈置背景。他是個眼睛細瞇、個兒不低、身體結實的老爺子。他似乎不習慣淺草這塊土地，也不適合於大道具這種職業。他幹起活來不馬虎，言談也極其穩重。一做完舞台上的事兒，就脱掉黑色的工作服，換上樸素的便服。夏天是一件灰色短外套，冬天是茶褐色的窄袖大衣，像個老老實實的商人。幾乎光禿的頭上不戴帽子，腳上的木屐帶子總是紮得緊緊的。這是「江戸哥兒」特有的習慣吧。一個人比其他做工的夥計搶先一步走回位於千束町的家，看樣子，也沒有飲酒。

這位老爺子有兩個女兒，妹妹在家和母親一同賣煎菜餅，姐姐當時年約二十二三，是位舞女，藝名叫榮子，幾年來每日在父親佈置的道具前和大夥一起跳舞。

我和榮子相識是昭和十三年夏與作曲家S氏一起參與這座劇場演出的時候起。第一天剛要開幕時，我到樂屋去。那天似乎是三社神靈的祭祀日。榮子等我走進樓上舞女之家，就把包好的蒸飯連着竹籜兒攤開在我面前，並説道：「這是我家母親叫我送給先生的。」

彩排已在前一天晚上結束，她大概早就知道我第一天會來的吧，這位母親不僅是為了報答平素照顧女兒的人，也許出於歷來的習慣，想使外來的人分享一下祭祀的勝景和喜悦。這表現了下町人的氣質。我平時不管對甚麼，最易為時代和人情的變遷而引起感動，這位母親的厚意使我覺得無可名狀的喜悦。用竹箨兒分開包裝的糖煮蓮藕和乾魷魚絲，因放糖過多而有些甜膩，卻也似乎考慮到生長在下町的我的口味，這就更使我感到高興。我能在學習爵士舞的舞女之家，品嘗到三社祭的蒸飯，在那之前連做夢都沒有想到。

舞女榮子和大道具老闆一家住在一條後街上，去那裏要從擁擠着繁華的商店、晝夜放着流行歌唱片、喧鬧不休的千束町徑直向北走，在橫街的頂頭，可以看見吉原遊廓的房舍和燈光。一天晚上，彩排到深夜，回去時我感到有些餓，便向榮子打聽哪裏有夜間營業的餐館。榮子便邀集住在附近的兩三個舞伴，陪我到稻本尾對面小巷裏的「紫堇」茶泡飯店。從水道尾方向走進靜寂的廓裏，拐向角町前越過仲之町的時候，從「引手茶屋[1]」走出兩個藝妓，同我們交肩而過。其中一人和舞女榮子互相看了看，輕輕用眼睛打了招呼就走過去了。看起來兩個人似乎都有些難為情，想搭話又不便開口。走到角町的拐彎處，我問那藝妓是誰，榮子回答說是富士前小學的同學，某某「引手茶屋」的姑娘。榮子說話之中，總把藝妓說成藝妓姐兒，看來，藝妓姐兒比起自己舞女的地位要高一些。我由此得知，榮子生長在遊廓附近的陋巷，而且廓內的女子受到周圍人的某種尊敬。這種江戶時代留下的古老傳統，到了昭和十三四年依然沒有消泯。這確實是意外的發見。得逢一個幾乎不可思議的事實。但是這個傳統也只是在三月九日夜留下些紀念，至今早已全然湮滅了。

*

這天晚上於吉原的深夜所聞所見的事情中，至今也有不少不能忘卻的。

「紫菫」店「土間」的左右都鋪着榻榻米，坐下來不動就可以吃喝。榮子她們連連吃了幾碗湯糰、雜燴和麵條。這當兒，掛着暖簾的入口處走進一位客人，坐下來就點酒菜。這是個高大的漢子，五十多歲，頭剃得精光，碎花紋的外褂套着碎花紋的窄袖便服，下擺向上翻捲着。下身是藏青色的夾褲，腳上穿着白布襪子和皮底木屐。領口敞開着，裏頭穿着貼身的和服，鼓鼓囊囊的懷裏露出一角錢包來。這副穿着打扮自明治末期以來已經見不到了。仲之町的藝人們中間沒有我所認識的人，看樣子也許是當地著名豪紳家的保鏢。

這個漢子一副輕鬆的樣子，漫不經心地看了看舞女們的打扮和吃相，一個人靜靜地自斟自酌。他看到舞女的洋裝和化妝，沒有表現出特別的厭惡，似乎反而感到一種興趣，如同老年的我平時所感到的那種興趣。他每每和我照面時，都好像強忍着不露出微笑。細想想，這個保鏢也許和我一樣，心中隱藏着都市中人人都有的對於時世風俗的變遷所懷抱的好奇與哀愁吧？

暖簾外面的妓館，大門上的燈光已經熄滅。嫖客和女子的聲音隨同過往客人的腳步一同消失。廓中一片沉靜，聽不到汽車的響動。先不說妓女們閉店送客後的寂靜多麼難得，附近的橫街上又有藝人開始說唱「新內派」的大鼓書了。這種長年累月聽慣的曲藝又超越時代將周圍一切拉回往昔的世界。剃着光頭穿着長褲的保鏢的態度看上去似乎頗得其中奧妙。對於晏如於舊習的人們，我不能不感到一種輕微的羨慕和妒忌。

三月九日的大火也許使這位古風的光頭長者連同遊廓一同化為灰燼了吧？

當晚和榮子一起在「紫堇」店用餐的舞女，聽說一個不久離開淺草去了名古屋，一個去了札幌。我還聽說榮子後來做了一個相聲師的妻子，已經不住在廓外的橫街上了。我衷心祝賀榮子沒有和她的父母一同到那個世界而是留在了人間。

除了大道具的老闆之外，在淺草時我和作曲家S氏創作的歌劇《葛飾情話》上演之際，那位彈鋼琴的人聽說也死了。據傳是因為他的家住在由公園通向田原町的一條狹窄橫街上的緣故。專門製作香荷包和花環供觀眾獻給自己喜愛的藝人們的花匠師傅住在入谷，這個人也死於三月九日夜。起初他和妻子女兒一同跑到大街上，心想家裏房子被燒還有一段時間，就想回去將剩下的行李多拿些出來，誰知一去不復返了。

淺草公園何時才能回到昔日的繁華？觀音堂要恢復到一立齋廣重的《名所繪》所表現的舊觀，這一天恐怕不會到來了。

昭和十二年，當我和歌劇館、常盤座的人們已經混熟的時候，知道地震前公園和淩雲閣樣子的人已經屈指可數了。對於昭和現世的人來説，大正時代的公園已經被遺忘了。當時在歌劇院的舞台上受到觀眾喝彩的大多數人都是地震後來到東京並獲取成功的地方上的人。但是，這個時代到了今天也忽而成為往昔。在和平恢復的今後的時代，作為模仿爵士的名手而受歡迎的明星們，竟是那些未曾見過朱漆觀音堂的人們，時代如流水一般不間斷變化着。人在生命尚未終結之時就已經被遺忘。想到這裏，方覺生也是件寂寞的事，它和死實在沒有甚麼兩樣。

*

很長一段時間裏，歌劇館的樂屋口有一位看澡堂的老爺子，三月九日夜是死了還是平安無事？後來大家談起昔日的娛樂街來，誰也沒提這個看澡堂的老人。他的存在早已在他活的時候就被人們忽略了。

當時聽舞女們説，他有家，也有老婆。他家位於馬道邊，把二樓借住給人家，以充房租。妻子還不像老太婆，是個挺白淨的小個子女人，在上野廣小路一家電影院當傳達。老爺子總喜歡用毛巾在腦後紮成個卷兒，是禿頭還是白髮，樂屋中沒人知曉。腰也不彎，手腳瘦長，戴着眼鏡的臉上多皺而凹陷，看上去有六十多歲了。不論冬夏，都只穿着襯衫和褲子。他究竟因為甚麼而落魄，當然沒人知道也沒人打聽。看他那副不俗的面相，不像是流氓或閒漢，説不定是個非常剛強的生意人。

歌劇館的澡堂就在樂屋口近旁，出入樂屋口的人們總是站着聊天。到其他劇團去的人，或從地方演出歸來的人，喚出館內的人來，倚着門口的板壁説話。天黑了，就從舞台上搬出椅子，不分晝夜交替地坐着，談笑風生。但是老爺子很少夾在裏頭湊熱鬧。年輕人坐在椅子上和舞女打情罵俏，老爺子也許司空見慣，他並不感興趣，也不轉臉瞧一眼。

天一變冷，老爺子就蜷縮在木屐架背後的通道旁，把火盆騎在腿襠裏打瞌睡。

進進出出的人們，誰也不向他看一眼。

有一年花開時節，我曾看見老爺子不知打哪裏拿來細竹，仔細削成篾子製作鳥籠。時常看見街上的理髮師在水盆裏養金魚，紮燈匠製作箱內風景置於店頭，這位老爺子似乎也有這樣的興趣。從他的口音和打扮上可以知道這老爺子在下町長大，不過我從未見過他的笑臉。人一落魄，於窮困中一年年老大，抑或連笑都要忘掉了。

戰爭拖久了，煤氣和焦炭也沒有了。樂屋的澡堂變得沒有用了。老爺子看來不久就被解僱了，從樂屋口消失了那淡薄的身影。大掃除依然是那把破掃帚，掃地的換了個生面孔的老婆子。

*

戰後第二個秋天忽然要過去了。去年的秋天是在岡山西郊迎來的，在熱海送走的。今年我在下總葛飾的田園，每日傾聽着劇烈的風聲，驚嘆光陰的易逝。在岡山時本以為時間很長，但實際上不滿百日。熱海的小陽春氣候猶如白晝明朗的夢境。

一旦失去家孤身漂流四方，旅途上的風景就深深在心中播下了回憶的種子。當離開一個地方時，我總感到生離死別般的悲哀，懷着一定再回來的期待又遠去他方。

這種期待的實現只能靠偶然的機會了。

八幡町的梨園內梨子被摘光了，太陽穿透葡萄架明晃晃地照着。玉米的秆子倒伏了，一望到底的稻田也軟塌塌地發黃了。甚麼時候我能聽到妙林寺的松山上響起鴟鷹的鳴叫呢？現在備中總社街上的居民們到後山採松菇，一定會嗟嘆秋季晴天的短暫吧？流過三門町的渠水洗起東西來也一定變冷了吧？

企盼的心情經年累月釀造着鄉愁般的哀愁。沒有比鄉愁更美好的情緒了。我之所以長時期沒有忘掉巴黎的天空，也是出自這種情緒吧？

巴黎雖然再度遭受兵亂，依舊安然無恙。到了春天，丁香花照樣散出馥鬱的香氣吧？然而我們的東京，我所出生的孤島般的都市，全部毀滅化做灰燼了。鄉愁是指思慕現存的事物的一種情韻，那種對於不可再見的事物的相思之情又該稱做甚麼好呢？

昭和廿一年十月草

註釋：

[1] 為妓女和嫖客牽線搭橋的茶館。

雨聲會記

陶庵老公[1]本年於舊柳橋常盤酒樓復又召集雨聲會。時值季春四月十九日。我亦被召得忝列末席之殊榮。

當夜，小波先生作席上吟，當時雨聲會已有十年歷史了：

聽雨話今昔，春宵月朦朧。

另有桂月先生作《七絕》，起句為「十載重登舊酒樓」。雨聲會初由陶庵老公於駿河台館第召集成立，至今已十度星霜。

歲月匆匆實乃驚人。十年俗稱「一昔」。我亦有諸多感慨。十年前，我還是一介書生。當時得知能和一代文豪同席，親謁天下之宰相，該何等榮耀。我過去生涯中意想不到的事有三：其一，遊學西洋，做了五年銀行職員；其二，當了七年學校教師；其三，被選為雨聲會的賓客。

雨聲會本為風流文士詩酒之燕集。然世人屢以比之去國之翰林院。其緣由是：

賓客中每有人故去，則邀新來文人以補其缺。川上眉山多年瘦於詩，悲於酒，遂自刃而死。我則被選襲其席位。這已是五年前的事了。

以前，我從未在貴人面前出頭露面。遊美時，曾拜見過日俄媾和全權大使高平公，但未親聆其謦欬。五年前拜謁陶庵老公，所謂「野人不知禮」，只是汗流浹背。金卮玉膾之佳餚，入書生之黃口亦不能辨其味。眼觀柳腰蘭臉之美女，驚魂未定；耳聽青唱翠歌之音聲，戰戰兢兢。今年再臨綺筵，我心恐懼之狀無異於當初。

然歸來竊思當夜之事，老公之所以屢屢召集雨聲會，邀飲卑賤賣文之徒，其意在於接近與平生自身周圍之士全然不同之別樣人物，聊以忘卻平素之心勞。嘗有文部省官吏，召集小說家興辦文藝委員會，給作家發獎金，弄得社會沸沸揚揚；又有內務省官吏，召集佛徒教徒，議論普渡眾生之事。與此種詭計完全不同，老公之意唯欲得浮世半日之閒也。

當晚，老公對花袋、小波兩先生笑道：久望探訪某處之勝景，但一直未能實現。蓋屢過此地，欲停車親臨其山容水姿，而郡村政治家群集而來，爭諫道路改良、橋樑更替與租稅之高下，故未能作一度之滯留。老公獨愛京都，皆因未曾有來客騷然其門前之故。

今日之文人，今日之政治家，還有今日之畫伯，相比而言，其人品之高下，胸襟之清俗相差幾何？此非我等不諳世事少年之輩所能識別。然陶庵公欲得一夕之清興而獨遇文人甚厚，則不能不深得文人之感佩矣！

我乃席上最年少之後輩。於盛筵之上，黃吻書生不知用何種言辭表述感謝之意，何況賦詩以歌頌此種佳期之會。故聊記當夜之盛，僅作自家之紀念。

大正五丙辰暮春記

註釋：

[1] 西園寺公望（一八四九—一九四零），政治家，生於京都。明治維新時任官軍總督。一九零三年任政友會總裁。一九零六年和一九一一年曾兩度組閣出任日本國內閣總理大臣。

草帚

白日閉門，獨掃閒庭飛花落葉時的心情最使我傷懷。自古云：拂憂莫如酒。而酒有時亦不能成醉，醉亦有醒後之悲。或曰：詩歌可以如酒一般忘憂。然而以筆硯為渡世之生計，終不脫市氣俗念，作踐自身，苦痛非常，徒增悔愧。我本沒甚麼特別的憤恨和悲傷，故而遠背人世。如今只願一切無所見，一切無所聞。如此無聊之極，打掃打掃鄰家飛花我家落葉，茫然送走歲月。

飛花不限於春天，落葉亦豈獨秋天才有？山茶花落時，冬日漸寒，八角金盤花落似雪非雪。梔子和落霜紅的果實漸漸變紅。梅櫻桃李之景已成昨日。花牆上水晶花盛開如堆雪。藤架蔭裏紫色的落英繽紛而下。小麻雀已經離巢。周圍一派夏日景象。五月松花在閒庭的蒼苔撒上一層金沙。七月的石榴花於綠蔭叢中鋪上一塊紅地毯。

從新樹的綠葉如潮水般湧出時起，就有落葉堆在庭院的角落裏掃也掃不盡。這是去年經受一冬天霜打的椎樹、櫟樹、羅漢松、扇骨木等常綠樹的老葉，在新芽長出時沒等風吹便自動飄散下來。春將盡而雨水多，世上相傳有流行感冒。單層小袖耐不住薄寒的夕暮，常青樹的落葉打在窗紙上劈劈啪啪響，此時的心情與秋末冬初的時雨之夕無異，便不由想起諸多往事來。

扇骨木的老葉凋落時如秋楓一般紅艷，交雜於青葉之中，如花朵般耀目爭輝，別具一番風情。竹葉的零落至酷暑時愈劇烈。櫟、椎的老葉漸近秋日猶飄零不止。

不知不覺立秋來臨，芭蕉葉破，桐葉凋落。

不知誰說過，桐葉落而知秋。其實，比桐樹更早凋落的是梅、櫻的葉子。桐中的碧梧十月半葉子發黃猶留存枝頭，此景並不少見。

柳樹和梧葉、荷葉、芭蕉一樣本來不太耐秋，然而初冬十一月山茶花將開放時，

見御堀之柳其青葉尚未盡脫。趙甌北詠《初冬柳色》詩：「古語由來未可聽，爭傳弱柳望秋零，誰知霜露凋傷候，萬木丹黃此尚青。」

年中之勝景當推首夏之新樹或晚秋之黃葉。在這兩個時節裏，夕陽最美，或浸染於密葉之間望之如彩緞，或映照於黃葉之上觀之賽錦繡。然而新綠似花須臾而過，此種軟綠不長，待梅雨放晴、陽光漸強之時，綠色亦漸濃黑，遂沐於盛夏的塵埃中。不久，朝夕寒氣砭膚，風打枝梢騷然有聲，葉子邊緣變得薄黃，次第波及日陰處的

小枝。木葉色變，蕭蕭而落。在我等不知不覺間，日日夜夜的思緒，無朝無夕的憂苦縈繞心頭之時，唯有見到樹葉漸漸改變其顏色，無論對花對葉越發有一種難言的惆悵。

去年由秋到冬，我在空無一人的庭院中獨自掃除綠葉，仔細觀察樹梢漸次改變顏色，無聊之餘記於日記之上。由春到夏，嫩芽青葉的綠意由群樹的枝頭湧出，濃淡強弱各不相同，若以西洋音樂相比，我想命之為「綠色管弦樂」。用憔悴的詩情難以表達的「黃葉管弦樂」，從十月起便奏響了它的序曲。

梅、櫻於盛夏之時便早早有病葉變黃而脱落，此事甚多不可勝數。至秋分，殘暑今已全然消退之夕，碧梧、橡、槐、皂莢的葉子皆泛黃。我庭中有一樹木蘭。木蘭人愛其花，黃葉亦使人難以捨棄。到了十月，櫟樹的高梢有百舌鳥鳴叫之時，大如柏樹葉的木蘭樹葉淡淡微黃。陰霾的昏暮或黑夜將臨之際，浮現着青白的樹影，其狀淒然可哀。到了十一月冬日漸漸迫近，淡黃的葉色次第變成灰褐色，早早離開了枝頭。

胡枝子不但其花，我亦愛其漸枯的葉。十月半，胡枝子的葉子開始變黃，同時散謝，至十一月半不留一葉。凋落誠然甚早。與此相比，秋草之中葉雞冠至十一月半菊花盛開之時雖老衰依然挺立，可以此比潯陽江頭手抱琵琶啜泣的老妓之心。

藤架上的藤葉變得淺黃也別有情趣。蠟梅的黃葉在黃昏的微光中更加深受人們憐愛。皂莢的細葉與落花無異。朴樹的落葉漫然如驛路鈴聲，令人想起古道黃昏。這些皆為十一月的光景。這月裏，柿葉紅了，蔦蘿也紅了。

應該說，楓葉和菊花共同形成可愛的秋天。公孫樹的黃葉創造了十一月初冬的美景。這裏再看看石榴的黃葉吧，其美麗並不亞於公孫樹。石榴葉細如柳葉，經晚風一吹，紛紛然如雨灑落，遍地金黃。短日黃昏，常綠樹下及早變得幽暗一片，唯有石榴葉飄落之處依然長時間不見昏暮，疑為月光照耀。石榴葉落入池水之中，遮蓋着腐敗的水藻，分不清哪是水哪是岸，同敗荷殘柳一道，為蕭條的池畔增添一層荒寂的幽趣。

楓葉為搖落的草木殿後。菊花凋盡，蠟梅蓓蕾點點可數之時，於常綠樹蔭下躲避着朔風，十二月仍可見楓葉獨立枝頭。到了冬至，所有樹木的葉子脫光之時，菊花早已在殘株上生出新綠的芽。水仙的葉子也長出了三四寸，等待着春風。園居年年景物相同，只要興味常新，草木亦可為人帶來幸福，可謂勝似黃金與愛情。如此這般，我也早早開始老去。

大正六丁巳初夏稿

驟雨

和白魚、都鳥、火災、吵架，還有富士、築波的風景一樣，驟雨也是東京名物之一。

浮世繪畫驟雨者甚多，皆能描出市井特色，津津有趣。其中有鍬形惠齋作《祭禮圖》，畫着一群青年遇驟雨將花車捨於路上，看熱鬧的男女一派豕突狼奔之狀。此為余所見驟雨圖中之冠。其次當數國芳所繪御廄川岸雨中之景。

狂言稗史的作者經常描寫男女相遇因驟雨而結百年之好。清元淨琉璃有「陣雨之中結良緣，電閃雷鳴情更深」之句。此劇名亦稱《驟雨》，這是眾所周知的事。我知道《常磐津》淨琉璃中有二代目治助所作，描寫有人抓住一棵盆樹躲雨的故事。可惜我未曾聽過這個曲子。

有一年，僦居於淺草代地的河岸，由築地乘電車去茅場町，赤日炎炎之下，不久俄而驟雨襲來。過人形町至兩國橋，大川河面，望湖樓下，水天一色。我像平時一樣穿着木屐，但沒有帶傘，無法走到柳橋渡口，只好坐在電車裏躲雨。從淺草橋到須田町，街上電閃雷鳴，風雨交加，乾坤一片黯淡。登上九段至半藏門，天空始晴。彩虹懸於中天，宮溝之垂楊綠碧如油。東京難居，之所以覺得這裏正好，因為偶爾可以接觸一些佳景。

巴黎的盛夏沒有驟雨，晚春五月之頃，麗都兒女競豪奢，赴野外賽馬，驟雨襲來，紅圍粉陣，更添一層雜沓。我記得此情此景被左拉巧妙地寫進小說《娜娜》之中。

紐約也很少有驟雨。盛夏的一夕，我在哈得孫河岸的綠蔭裏散步，曾在渡船中躲過驟雨。

漢土詠白雨之詩，其膾炙人口者當數東坡《望湖樓醉書》、唐韓偓《夏夜雨》、清吳錫麒《澄懷園消夏雜詩》等多種。足可知彼我風土之光景何其相似。

我斷腸亭奴僕次第離去，而園丁少來。庭樹繁茂遮蔽房檐，苔蘚上階，荒草沒牆。年年鳥雀昆蟲多，越發令人生畏。驟雨襲來時，憑窗遠眺，平素不怕人的小鳥一起逃往林間，惶惑之狀令人興起。剛剛出飛不久的小麻雀和蟬兒有時迷路慌亂地飛進屋來。此乃慰我無聊之一快事也。

大正七年八月

立秋所見

留意一看，西邊的太陽鑽進房檐，越發西斜了。天驟然黑了下來。

正午炎暑和昨日本沒有甚麼兩樣，吹來的風卻蓄着一股奇怪的力量，拍打着掛有立軸的壁龕的牆壁，吹飛了煙盤裏的煙灰，颳掉了桌子上的瓶花。拂動庭樹的音響，宛若流水從高處奔瀉而下。

天空的雲彩團團湧出，崩騰，飛動，顯出異樣的形狀。天色從雲間裏看，清澄無比。

口渴之感覺更甚於夏天。浸着汗水的肌膚經風一吹，滿心地寒涼難耐。

螞蟻頻頻爬到走廊上來。麻雀飛到庭中的腳踏石上爭啄肥胖得怕人的蟲子。

新竹漸漸長高，竹籜兒被風打落。梅、櫻的枯葉已經在夕風裏飄散。常青樹的老葉也已泛黃。

蚯蚓鳴叫着。觀看蝶舞更甚於春夏。

夜夜飛蛾撲燈，妨礙讀書。

始驚夜長。
打開窗戶，天空高遠，群星燦然。是為立秋後所見。

大正七年八月

五月

五月是難忘的一個月。

強烈明麗的初夏之光裏，昨日的春景去意彷徨，留下悲傷的餘韻。

山手近郊的市街上，牆根下滿生着野桔子漂亮的嫩葉，叢叢簇簇。不久將建造公寓的空地上，萋萋的雜草繁衍於各個角落。如今在這些地方又驀然看見開放的八重櫻和桃花正在消退着殘紅，怎不叫人深感無比的憐惜。

樹木稀少的下町，各種精工織造的花色鮮艷的春裝，給往來的女人的身姿增添新的風情。還有，山手的住宅區和皇宮河畔，繁茂的柳蔭，潤綠的楓葉，鮮美的青草地，隨處都使人對初夏的城市產生初見般的情思。

早晨，輕籠市街的水霧尚未散晴的當兒，我撩開寫有「打折」、「滿員」等字樣的紅色廣告，佇立外壕城門遺址等待急馳而過的電車，這時，看到松影掩映的水面上，有幾條大鯉魚抬頭戲水，扭動着身子，將魚尾在空中高高一閃。不久，日光更加輝煌，青草長勢繁茂，像等待着刈割的鐮刀。土堤的斜面更加美麗，上面的樹影無比濃密，清晰，令人賞心悅目。我感到這青草上描畫的樹木的濃蔭，最能敏銳地體現夏的情懷。

自然界到了五月變得煥然一新。但是今年的新五月和去年前年都是一樣的。明年和後年也將一樣。只是沉迷於春逝的甘美和倦怠中的我們的心靈變得更具新鮮感罷了。

我嫉妒自然。自然實在是幸福的藝術家。我在題為《歡樂》的小說末段寫道：「自然永遠不老地安慰着詩人，而詩人的生命每逢春天就要衰老一次。自然永遠重複着同一個春天。然而，詩卻和時代共同前進，它決不喜歡重複昨日的老調……」

莫泊桑在其紀行文中這樣寫道：自古以來，在藝術的原野上盛開的花兒被採光了。藝術家甚至希望盡力擴大人的官能和靈魂。但是，在人的知識裏，有被稱作五官而只開闢一半的五個門栓。委身於新藝術的人，急着竭盡全力想拔開這五個門栓。人如果除了五官之外還有眾多的感覺，我們的知識和感情的天地將會產生多樣的變化。……

新的五月啊，對於我來說，再沒有比現在更能體味出「新」這個詞兒所蘊含的一種難言的不安和諷刺意味了。

明治四十三年五月

歐美心影

林間

到過芝加哥、紐約等喧囂的美國北部城市的遊客，再去訪問南方的首都華盛頓，一定會為那公園般遍佈全城的美麗的楓林和隨處可見的眾多的黑人而感到驚奇吧。

我也在這塊新大陸上徘徊，某年秋，來到這座首都已經兩週了。先去看了總統官邸白宮，國會和各個政府機關大樓。市內可看的大體看完了，接着又到遙遠的波特馬克河上游賓努山中，憑弔了華盛頓墓。眼下正在郊外各處探尋異鄉酣暢的秋色。其中尤其難忘的是馬里蘭牧場上的夕暮。

日落後半個多小時，燃燒的晚霞漸次稀薄，只在天空飄浮的白雲邊上留下一抹薔薇色的光影。生長着茂草的廣袤的原野形成一道狹長的藍色的霧海。遠方地平線的盡頭，分不清哪是天空哪是地面。與此相反，遠遠近近的農家雪白的牆壁，四五個女人在野外結伴追趕牛群的潔白的裙裾，還有那綴滿黃葉的樹梢，不知名字的花草，在光線的作用之下，隨着四周冥冥薄暮逐漸加濃，這些景物中的白色更加鮮明地突現出來。凝神望去，彷彿逐漸向自己所在的地方神奇地移動着。

這是怎樣的幻影啊！這樣的景象，不單是眼睛，而且從心底裏自然誘發出一種難以形容的快感。我摘下頭上的帽子晃動着，一心一意招呼那飄浮的色彩，直到周圍一片黑暗。——這是怎樣的幻影啊！

第二天，我依然陶醉在夕暮的美夢之中。估摸着日落的時間，這回想到波特馬克河對岸——那裏已屬弗吉尼亞州——的森林裏去。我渡過郊外山崖下邊的一座鐵橋。橋頭有一個木造的小電車站，背後緊挨着隱天蔽日的密林。這裏是電車的始發站，開往不遠處的阿里頓大公共墓地、練兵場、軍營和將校軍官住宅區。現在等車的人大都是穿灰褐制服的合眾國士兵、在軍官家中幫傭的黑人婢女，也有到華盛頓城內購物歸來的白人老太太。

我一看到陸軍士兵或水兵的姿影，胸中便被一種沉重的感情壓抑着。他們雖然有強健的身體，年輕的心中藏着七情六欲，但卻一直被軍紀軍律壓迫着。這種肉體的苦悶映現在被日光灼曬的臉孔和佈滿血絲的眼睛裏，看起來既可怕又可憐。他們在等電車的當兒，三三兩兩倚在鐵橋欄杆上，有的醉意朦朧，有的吐着香煙沫子，腳步響亮地在橋上散步，還有的依戀地眺望河對岸華盛頓的上空，也許在回味下午來訪的女人吧。

我也和士兵一樣身子倚着橋欄杆眺望四方。這時，即將沉淪的夕陽像把大半個天空烤焦了，將鋭利的光芒直接投射向華盛頓城。波特馬克河畔公園裏的樹梢上一派金黃，彷彿張掛起一幅濃艷的土耳其織的大帷幕。公園上方，雄偉地聳峙着五百五十五英尺的大理石的華盛頓紀念碑，從側面望去，就像一根高高的火柱。不遠處國會大廈的圓頂，以及遠近各處聳立的各政府機關的白色建築被一律染成了紅色。城內高大飯店的每一個窗口，全都像霓虹燈一般閃耀着五彩的光芒。

一幅多麼明麗的大全景畫！我的身子飄然屹立於秋風之中，心想，這裏就是統轄西半球大陸的第一首都嗎？在夕陽的光輝裏，隔着河水遠眺，人類、人道、國家、政權、野心、名望、歷史等各色各樣抽象的概念，像夏日裏團團雲朵在我心頭來來往往。這時的我，不想向人説些甚麼，只覺得像在追逐漠漠無邊的巨大影像，同時又感到被一種強大的尊嚴所懾服。

過一會兒，我回過頭來，再次環顧四周，這時，先前在橋上散步的士兵和女人們，已經乘上開過來的電車，接着又聚集兩三個等待下一班車的新來的旅客。

我沿着鐵路走了一兩百米遠，隨後鑽進路兩旁茂密的樹林。

這林子主要是槲樹和楓樹。這個國家的楓樹常常經不住夜露的洗禮，不等葉子變黃，就脆弱地散落下來。羊腸小道上隨處蓋滿了碩大的落葉。然而，槲樹林眼下正迎來紅葉的盛時。夕陽的光芒射入繁密的樹叢，照亮了一片片樹葉，彷彿傾注着金色的雨點。漸近昏暮的秋陽的光芒，漸次移動着腳步，眼看着對面明亮的樹梢罩上了陰影，而眼前陰影中的樹梢又一下子變得一片光明。於是，明亮的樹林裏，歸巢的鳥兒啁啾不止；而陰暗的樹林裏傳來了小松鼠淒厲的鳴聲。

我無意之中側耳傾聽，繼續信步前行。這時從前邊不遠的樹蔭處，我聽到了既非小鳥也非松鼠的叫聲。——一個女人在啜泣。

我吃驚地站住了，不一會兒，從落葉中辨認出兩個人影。一個穿褐色制服的士兵和一個十分年輕、有一半白人血緣的黑人姑娘。那姑娘蹲在士兵的腳邊像祈禱一般雙手抱在胸前。

士兵和姑娘——說到這裏，下面的事就不難想像了。

「實在求你了……」姑娘的聲音從那交抱的胸中發出來。

「你又來了。」士兵吐掉嘴裏的香煙沫子，厭惡地轉過臉去，一副馬上就要離開的樣子。

女人俯下身子拽住士兵的手：「看樣子你想說出和我分手的話吧？」

「甚麼分手，我沒有求你和我分手。我是自己決定斷絕和你的關係。」

士兵厭惡而又自豪地說。他是個氣派的白人，而她卻是一個從前當奴隸的黑人的女兒。他聽女子說「分手」這個詞兒，似乎十分不快。

女子沒有回答，俯在男人的手上一個勁兒啜泣。士兵看了一會兒，忽然想起甚麼，說：

「你想想看，啊，瑪莎！」他叫着姑娘的名字，「當初不是說好的嗎？我們做個好朋友。今年春天，我去M大校家當差，夜裏到後院和你幽會……那時我喝醉了……哈哈哈，那種事有何了不起。第二天你主動約我在某時某地相見，就這樣，我盡量和你相會了……」他把話打住了。

女子哭得越發起勁。

「如今再怎麼說也不成了。我早說過，事情總是有始有終，四時氣候還會變呢。」

我不忍心再偷聽這出殘酷可惡的活劇。這時，最後的日光變得一片血紅，照射着我的腳下。我擔心被人發現，便急匆匆頭也不回地離開了那裏。

比起戀愛這種事兒，不用說我更多考慮的是這個國家長期存在的黑白人種的差別問題。黑人為甚麼應該受到白人的欺侮和厭棄呢？是因為其容貌又醜又黑嗎？單單因為他們五十年前做過奴隸嗎？在人種這個問題上，只要不組成一個政治團體就免不了要遭迫害嗎？國家和軍隊的存在是永遠必要的嗎？……

我鑽出樹林來到原先的橋畔。夕陽完全沉沒了，只在空中染上一層薄薄的紅色。河對岸華盛頓城內，公園裏的樹蔭和高層建築的窗口都亮起了電燈。我再次斜倚欄杆，眺望着暮色蒼茫的街市。

橋面上依然有幾個等電車的士兵在散步，他們高聲說笑，嘴裏吹着口哨。喧鬧之中我回頭一看，那個剛才在樹林中把黑人姑娘逼哭的士兵正巧也回來了。他正站在我的身邊和穿着同樣制服的夥伴談論甚麼。

「怎麼樣，找個可意的女人沒有？」問話的正是那個士兵。

「不行，今天很倒霉。」同伴回答。

「怎麼，賭博輸了？」

「賭博倒好說，到常去的那個C街，錢包都給敲光了。」

「哈哈哈，不花錢就搞不到女人？你真沒用！」他吐掉香煙沫子，「怎麼樣，你這麼對女人沒辦法，我給你弄個年輕的好嗎？」

「嗯，這倒是好事。」

「不過有個條件，你要是答應……」

「怎麼都行，不花錢哪有這麼便宜的事。」

「這就好，」他點點頭，「我說的條件不是別的，她是黑人姑娘，長相不錯……。」

「那有甚麼關係，對這個我不打怵。」

「佩服佩服，這才像個當兵的樣子。那姑娘不是別人，從前我到M大校家當差結識的，還那麼嫩就喜歡上男人。我說幾句好話，她就上鈎了。」

「是嗎？不過太熱情以後要惹麻煩的。」

「這我知道。這姑娘很喜歡男人，愛同男人耍。你要是玩夠了，玩膩了，送給誰都行。只要你向第三者一推，就可以一走了之。只要有人要，那姑娘一沾上保準圍着你的屁股轉。談不上滿意不滿意，只要是男人，她都喜歡。這樣的妞兒到哪去找？」

這時，電車從對過林蔭深處隆隆地開來了。

「到車上再談吧。」

「好的。」

兩個士兵用口哨吹着一首民歌——I'm Yankee doodle sweet heart, I'm Yankee doodle joy [1]——向車站跑去。

森林、樹木和河水漸漸黯淡了。橋下河堤旁停泊的小船和釣魚舟亮起了紅色的燈光。華盛頓的燈火和天上的星星看上去那樣光輝燦爛。我獨自一人渡過了鐵橋往回走，腦子裏亂糟糟的，似乎在考慮一些難以言傳的重大問題。

明治三十九年十一月

註釋：

[1] 大意是：「我是美國佬，有顆甜蜜的心。我是美國佬，心情很快活。」

落葉

美國的樹葉最經不住秋天了。九月的午後炎熱難耐，人們還在談論夏天是否過去，夜間一場重霜，槲、榆、菩提樹，尤其是楓樹那像碧梧般碩大的葉子，仍像夏天一樣顏色沒有改變，也沒有颳風，但卻一片片沉重而懶散地紛紛飄落下來了。

當我看到周圍一派秋色，看到在朝夕砭人肌膚的風裏，枯黃的雨一般飄飛的落葉，我是如何深深陷入悲哀之中啊！我彷彿看到早熟的天才的滅亡。

夕暮裏，我獨自一人坐在塞特拉公園水池邊的長椅上，同星期日的雜沓情景相比，這個尋常的日子十分安靜。尤其現在，在這個時間的概念很強的國度裏，家家都在吃晚飯。馬車、汽車不用說了，連散步者的跫音也沒有了，只能聽到高高樹梢傳來松鼠最後覓食的叫聲。灰色的陰霾的天空，夢一般漸漸沉浸在濃重的暮色裏，半夜也許會下雨吧？湖一般寬闊的池面閃耀着鉛黑的光輝。岸上蓊鬱的樹林漸漸變得朦朦朧朧，裏面閃現出昏黃的煤氣燈光。

不斷地從周圍高大的榆樹梢頭，飄落下來或三四枚一團、或五六枚一團的細小的樹葉。仔細一聽，彷彿能聽到樹葉和樹葉相互摩擦的響聲。這是樹葉們共同走向滅亡前的切切私語吧？

有的落在我的帽子、肩頭和膝蓋上。有的沒有風的引誘，卻遠遠飛落到水面上，遠遠地，遠遠地流走了。

我在椅背上雙手支頤，陷入了深思。忽然想起詩人魏爾倫的《秋之歌》：

秋的琴弦在嗚咽，
憂鬱的響聲震動着我的心。
鐘聲響了，
我面色蒼白，呼吸沉重，
想起往昔愴然淚下，
被輕薄的風兒載着，
我是彷徨不定的落葉。

將人比作落葉，這樣的例子並不新鮮，但卻是一種深切的情思。聯想眼下，人在旅途……啊，我曾經多少次看到被異鄉的土地埋葬的落葉啊！

登陸那年，在太平洋沿岸送走了秋天，第二年在密蘇里平原，在密執安湖畔，在華盛頓街頭……在紐約已經是第二次看到落葉了。去年剛剛看到這座城市的落葉的時候，我是多麼驕傲、得意和幸福啊！我看完新大陸各地不同的社會和不同的自然，接着還要觀察這個世界第二大城市的生活。我盲目地相信着自己，每個星期日都到這個池畔眺望散步者的雜沓的身影。

不久，樹葉落光了，寒風吹折了枝條，雪遮蔽了草地。——演藝界交往的時節到來了。

從莎士比亞、拉辛，到易卜生、蘇德曼，我看過各種舞台，貪婪地吞食着世界古今各種藝術作品。我不僅為能全部體味瓦格納的理想和威爾第的技術而自鳴得意，而且想早日成為日本未來社會新歌劇的奠基人。帶着這種必備的心情，我聽管弦樂，從古典音樂的纖細美麗之處，品咂出現代浪漫派的自由、熱烈，進而讚美破天荒的施特勞斯的不協調和無形式。不僅如此，我還時常進入美術館大門，評論羅丹的雕塑和莫奈的繪畫。

我的桌子上堆滿了劇目介紹、資料和剪報，還未來得及整理冬季就過去了。光禿禿的樹梢又長出嫩芽，開滿了花朵。穿着沉重外套的人又換上輕快的春裝。我也和世人一樣買了新衣新鞋新帽。美國是商業國家，流行形式比較庸俗。我一心想表現出自己不受美國實業主義的感化，冥思苦索想出一個辦法：照着寫過《愛之詩》的青年都德的肖像，或者乾脆學習拜倫，每天早晨將頭髮攏緊，粗大的領飾上隨便打個結子。

別人一定會譏笑我的愚執，但我自己決不認為愚執或狂妄。我記得易卜生去世時，在波士頓的一家報紙上看到報道……易卜生滿頭銀髮，似乎從來都不梳理，故意散亂着，正在對着鏡子欣賞胸前國王贈送的勛章。易卜生也有這個意想不到的弱點！

是真是假先不管它，好也罷歹也罷，一提起泰西的詩人，自己就崇拜得五體投地，激動之餘只有模仿的份兒。我不修邊幅，歪戴着帽子，一手拄着櫻木拐杖，腋下夾着一本詩集或別的甚麼，對着鏡子打量一番，這才出了大門，向着春天午後遊人如鯽的公園走去。我照例在池畔轉了一圈兒，然後來到排列着莎士比亞、斯各特和彭斯銅像的廣闊的林蔭大道，坐在長椅上，面對銅像悠然地抽着香煙。

這時，和暖的春陽照在身上，彷彿進入恍惚的夢境，感到自己也加入了不朽的詩聖們的行列。於是，嘴角的筋肉放鬆了，自然漾起了深深的笑靨；接着心中又感到一陣羞愧，悄然遙望四周，道路兩旁一排排大樹長出了美麗的嫩葉。樹梢上面的藍天一碧如洗，道路左右海洋般廣闊的草地一派濃綠，令人神清氣爽。不知打何處飄來陣陣馥鬱的花香，沁人心脾。我想，自己一生也許再沒有比此時更幸福的了。

不斷有輕裝的青年女子或駕馬車或騎在馬上從我眼前通過。我只覺得她們都是朝我這邊眺望着微笑着走過去的。當我看到年輕中更加年輕、美麗中更加美麗的女人的笑臉，就無端幻想着幸福的戀情……

我用英文寫作，讀了我的書的女子慕名來訪。我們一起談人生，談詩，終於說出了各自的秘密。不知何時我結婚了，在長島或新澤西州海邊的鄉村建立了家庭，從紐約往來只需一兩小時。這是一個小小的塗漆的村莊，周圍有櫻花和蘋果園。穿過後面的森林就是廣闊的牧場，從這裏可以遙望大海。我於春或夏的午後，秋日的傍晚，冬天的白晝，橫躺在窗前的長椅上讀書。倦了，就昏昏沉沉地睡去。這時，從鄰室緩緩傳來優美的李斯特的奏鳴曲。我從妻子彈奏的鋼琴曲裏驀然醒來……

夕暮的冷風吹到臉上，我又回到了長椅上現實中的自我。

沉迷在夢境裏的春光又跨越了一個夏天……如今又是秋季，看到飄落的樹葉，等於想起已經消失的令人懷戀的往昔。

樹葉不久就要落光了。戲劇節和音樂節將伴隨寒冷的北風一起到來。街頭十字路口和停車場的牆壁將到處貼滿劇場的廣告和音樂家的肖像。然而，我還能和去年一樣，作為一名肆無忌憚的幸福的藝壇觀察者而存在嗎？明年春天我還能再次陶醉於如煙的夢境之中嗎？

夢境，醉意，幻想，是我們的生命。我們不斷渴慕戀愛，夢想成功，然而並不期望這些都得到實現。我們只是追思一種可以實現的虛空的影像，沉醉於預期的想像之中。

波德萊爾說——醉，這是唯一的問題。人們若感受不到可怕的令人窒息的「時間」的重荷，那麼，他只有毫不猶豫地沉醉下去。酒，詩，美德，甚麼都行。當他在宮殿的石階上，在山谷間的草地上，或者在寂靜的房間裏，突然醒來回復了自我，那麼他可以向着風、波浪、星星、鳥群，或者向鐘錶以及一切可以飛動、旋轉、歌唱、說話的東西發問：現在是甚麼時候？風、波浪、星星、鳥群、鐘錶會這樣回答：現在是應該沉醉的時候，酒、詩、美德，甚麼都行。如果你不願做「時間」的痛苦的奴隸，你就應該無休止地沉醉下去。……

四周早已是黑夜。樹林暗了，天空暗了，池水暗了。我仍然沒有離開長椅，一直眺望着林子裏在電燈照耀下頻頻飛散的樹葉。

明治三十九年十月

羅訥河畔

我眺望着流經里昂市區的羅訥河水，將疲倦的身子投放在石堤下面碧草如茵的沙石灘上。

每天甚麼都沒幹，卻也很累，身體和精神都非常疲憊。來到法國已兩個多星期了，已不能說是旅途上的疲勞了……

閉着眼，傾聽腳邊急流沖刷小石子的聲音，眼前浮現出各種往事：已經離別的美國的風景，清晰可見的女人的面影。啊，已逝的夢境，可惱的回憶，多麼美麗動人的悲哀啊！

這悲戚，這回憶，對於眼下的自己最可緬懷，比起戀人本身更叫我念念不忘。為了尋找已逝的往昔，陶醉於無盡的悲憫的美夢之中，每天傍晚，我都來到河灘，坐在草地上。

四邊很靜。這裏已是里昂的郊外，抬眼望去，頭頂上高聳着砌成兩段的石垣，像城牆一樣堅固。上面是青青的林蔭道，楓樹的枝條垂掛下來。隔着翻捲的急流眺望對岸，那裏有個叫做桑克萊爾的古老的小鎮，從庫洛瓦到盧斯，灰色的房屋重重疊疊，一直上升到山麓。盡頭似乎是一大片果園或牧場。青青的山岡又高又遠地綿延開去，一直連接着藍天。河下游雙眼可及之處，兩岸鑲嵌着碧綠的樹木，到處可以看到寺院的圓塔。河上有好幾座橋，橋面上車水馬龍。

一望無垠的風景，如今都籠罩在薔薇色的美麗的晚霞裏，煙水空濛，一派靜謐，恍如夢境。沒有一絲風，然而空氣清冷爽淨。眼見着一切都變得惝恍朦朧起來。房屋、樹木，或遠或近，反而顯得更加鮮明。對岸遠方的山岡上，小路歷歷可辨，河堤下邊的小石子粒粒可數。然而，這種鮮明決非實存的東西，是雙手摸不到的——我感到自己正在注視着映在明鏡裏的影像。

美國緯度高，所以飄蕩着如此美麗的黃昏之光。盛夏，夕暮和黑夜非常短暫。但是眼下的法國，已是夏季早已逝去的八月，太陽七時落山，直到九時之前的兩個小時裏，天地渺渺，呈現了一派漠然迷茫的夢幻的世界。

愛情，歡樂，對於苟活在殘酷現實中的我們是怎樣的樂園啊！我到達里昂的第二天起，為了一日不漏地獨自沉溺於回憶之中，一直如醉如癡地呆在這裏。

我為何自告奮勇要到法國來呢？我能在這個國度逗留幾年呢？總該回一趟日本吧？有沒有機會再去美國呢？她為甚麼愛我？她會永遠永遠等我回去嗎？這刻骨銘心的思戀！乾脆作一次美國之行吧。

不，不，我又馬上改變了主意。她和我都是人。隨着年齡的增長，戀愛也有清醒的時候，美夢也有消失的時候。我獨身一人在這遙遠的異鄉的天空下，思念着異鄉的女子，疲倦，憔悴，悲戚。我的苦惱的心中埋藏着她的面影，永遠是那麼年輕，美麗。思戀着，思戀着，我真想再一次看見她，用手觸摸她，伸開臂膀擁抱她。然而，雲水迢遙，所思所想，無法實現，剩下的只有悲傷和哀怨！這不正是我愛情之花永不凋謝的不朽的生命嗎？

圓滿的愛情總能留住真誠而鮮活的夢。我只想為着這不圓滿的愛而憔悴，死去。這要比無味地苟活於圓滿的現實與絕望之中美麗得多幸福得多。我無論如何不能再去見她，我只想死於對那時愛情的滿腔企盼和悲哀的眷念之中……

閉一陣眼睛，再看看四周。黃昏漸漸失去了薔薇色的光澤，不知從何處增添來了一層淡藍。對岸的小山和人家的屋頂，在背後的亮光映襯下，顯現出奇妙而鮮明的輪廓來。與此同時，洶湧澎湃的河水，驟然漾起令人目眩的燦爛的光彩。在那裏釣魚的人影像雕像一樣凝固不動。河堤上的林蔭深處，點起了煤氣燈。天光水色，呈現着星星點點苦澀悲戚的黃色。空氣比以前更添一層靜謐，只有永遠如泣如訴的河水是那樣悲傷那樣沉滯地流淌。我彷彿從這種響聲中聽到了各種各樣的歌唱、聲音和私語。不是用耳朵聽。今夜，天地就要進入大安息的瞬間，這是只有活躍的心臟才能聽得出的無聲的聲音。我在這種時候確實聽到了戀人們的私語。我凝望遙遠的天際，側耳傾聽。

「那麼，過了今晚就不能再見了嗎？」突然響起了年輕女子的聲音。

「是的，暫時……一年或兩年。」一個男人的聲音。他故意裝得很平靜。接着，女人的聲音有些顫抖：

「一年或兩年，那就不是甚麼『暫時』，其間我們也許一生都不能再見面了……。」

聽到了啜泣聲。男人的語調也激越起來。

「總不至於會那樣吧。即使分別十年二十年，只要心不變……」

「那麼，要是心變了呢？……」

男子窮於回答了。突然，我感到心中像被冰冷的劍和銳利的針猛地戳了一下。抬頭一看，石堤的欄杆上倚着一對青年男女，二十來歲。他們沒有發現躺在下面河灘上的我。

我按着刺疼的心胸，「啊，變心啦。」——口中反覆唸叨着。我在心中起誓：

自己到死都要在夢中記住那個離別的女人的面影。——只要心不變，印在心中的面影就不會消失。然而，又怎能斷言，人的心靠甚麼永遠不變呢？倘若，自己的心似雲，似水，不知不覺變了，那麼，曾一度心心相印的那個戀人的面影又會怎樣呢？那面影總有一天也會消失嗎？彷彿四周發現了小偷一般，我用雙手再次捂住了胸脯。

堤上的年輕女子，一邊哭一邊訴說：——皮埃爾到巴黎後不久，就把思念他的人全忘掉了；傑克入伍到了非洲，跟一個阿拉伯女子好上了；那個念着路易茲的夏爾到意大利留學再也不回來了……。

啊，我不久也許要到意大利去，也許有機會看看西班牙。我想着我的不可預測的將來，我也有一顆軟弱的不可靠的心。我把額頭抵在冰涼的石垣上，哭了。四周早已是黑夜。

明治四十年八月於里昂

秋巷

來到法國，我才知道法國的風土氣候多麼富有可感性啊！與夏天的明麗華美相對照，秋天又是多麼悲涼和寂寥！而且，這種悲涼和寂寥與其説感應於心底，毋寧説浸入了人的血肉，彷彿伸手可以觸及。法國的詩、音樂和德國相比有根本不同，道理就在於此。產生繆塞的法國沒有出現歌德。產生柏遼茲的法國沒有出現瓦格納。北歐森林的幽暗訴説着神秘，而南方優美的法國自然所帶來的悲哀包蘊着難以形容的美。人們與其説由這種悲哀而想起甚麼或感悟到甚麼，毋寧説是沉醉於這種悲哀之美中而神思恍惚。

在星月交輝的夏日夜晚散步，在露清草香的夏天早晨徜徉。這當兒，不知何時，朝夕的風兒漸漸浸入肌膚，那午後幾乎要把人烤焦的明亮而乾熱的陽光，不知不覺自然變得薄弱了，有時看起來甚至像昏黃的燈光。我想起拉馬丁的一首詩：

萬象漸漸消失的秋日，
朦朧的光芒多麼美麗！

這正像同朋友揮手告別；
又好似永遠閉上的唇邊，
露出了臨終的笑意。

盛夏時節，到了八九點鐘才會出現薔薇色的黃昏，天地沉醉於一派混沌之中。如今，我傾聽每間寺院晚禱的鐘聲，秋天那無精打采、老朽乏力的夕陽已經西沉，只把一些餘光留在天空，比起夏季更增添了顯明的紫色。四周籠罩着一層似霧非霧的淡薄的夕煙。

這時候，佇立於市內各處建有噴水池、銅像和樹林的廣闊的十字路口，可以看到急急回家的匆促的人影在昏黑的樹林間閃動。天空一刻一刻變暗，尚未消泯的悲哀的黃昏之光裏看不見星星，但是地上的燈火早已放射出夜晚特有的光亮，將樹影投到黃澄澄的草地上。樹葉一片，兩片，無聲地飄落，在這鮮麗的燈光裏，形成了最為優雅的景觀。

這時候，佇立於羅訥河幾條長長的石橋邊，可以看到河下河上兩岸一望無際的房舍和波濤翻滾的廣闊的水面。四周漠漠的夕靄宛若褪了色的水彩畫一般撲朔迷離。透過這層濃紫的煙靄，可以看到人家的燈火和堤上的街燈點點閃爍，發出朦朧的紅光。橋上兩側的電燈光裏，有些匆匆趕路的男女，他們的帽子忽閃忽閃地抖動，就像風兒撲打田野裏農作物的葉子。結束一天工作和事務、急着回家的這些人的跫音，以及急馳而過的電車和馬車的轟鳴，混合着奔騰的急流，奏出了都市晚間生活苦澀的音樂，放眼望去，石堤下邊以洗濯為業的幾艘篷船上點着燈，許多婦女捲着袖子正在河裏浣紗滌布。

這時候，走在繁華的大街上，這裏人流如潮，兩旁的玻璃窗內燈火閃耀，天空中一片明淨，顯現着夜的熱鬧。街角路口的飲食店，從放盆景的門口到馬路近旁，擺着成排的桌子，明亮的燈光下，身穿黑衣的侍者手捧杯盤來往如飛。各處的咖啡館裏傳出了小提琴曲和女人的歌聲。雜沓的人影中打扮得煥然一新、脅肩諂笑的女人往來不絕。這急切等待秋涼的長夜早些降臨的法蘭西都市的黃昏，正是別的國家所難得一見的。

這時候，到市郊的公園去，寂然無聲的樹林間點着煤氣燈，人們仍在池畔或花間小徑散步，然而卻聽不到夏日傍晚那爽朗的談笑。水邊生長着的蘆葉，在秋風裏瑟瑟抖動。黃昏的天光火影釀造着既非黑夜又非白晝的幽暗的世界。我眺望這世界中悄然走動的女人們白色的衣裙和河面上棲息的天鵝的羽毛，再看看遠方夕靄瀰漫的幽黑的森林，心中感到難以名狀的淒清。臨水的柳樹落葉紛紛。星星映在水中。潮濕的泥土泛出濃郁的氣息。……夜幕開始遮掩大地。

白晝一天天變短，早已到了十月末尾……天空灰暗，細雨微茫。或早或晚都在下雨。有時雲層飄動露出藍天，偶爾漏洩下來薄薄的陽光。不過半小時或一小時又下起雨來。碧清的羅訥河水濁流宛轉，眼看就要沖決高高的石堤漲溢出來。夜間，咆哮的水聲搖撼着整個城市。正是這個時節，羅訥河下游法國南部一帶和加龍河流域經常鬧水災。

已經感覺不到天是甚麼時候黑下來的了，因為午前午後都和傍晚一樣灰暗。窗少的房舍從三四點就得點上燈火。即使雨停了，家中屋內屋外都是一樣濕漉漉的。寒氣侵膚。不管如何小心謹慎，也會突然打起噴嚏，流出鼻水，渾身哆哆嗦嗦，似乎患上流行性感冒了。

沒有家，沒有朋友，一個人羈旅在外，最怕這樣的壞天氣。去散步吧，這種天氣公園和郊外當然不能去，只好撐一把傘，在晴日裏司空見慣的大街上漫步。

雨水濡濕了楓樹，河岸大道上落葉狼藉。石像和紀念碑四周的花園裏，花草枯萎的廣場上，看上去使人深深感到一種說不出的荒寥，彷彿這座城市剛剛發生一場騷亂。離開這條中心大街一進入橫街短巷，凄清的景象更叫人難以忍受。

雨水打濕了銀灰色古老的牆壁，房屋蹲踞在灰色的天空下，一扇扇窗戶像盲人的眼睛，沒有一絲朝氣，也窺不到一個人影。這橫街有一家似乎從來沒有人光顧的雜貨舖或舊鐘錶店，在這個沒有燈光、漆黑一片的店裏，有個當班的老婆子，一定是因為患了風濕病，雙手不能動彈。雖説是橫街，總不時有些穿戴齷齪的女人，一手拎着裝滿衣物的小筐，急急穿行於大街小巷之中。在這些見不到陽光的家家戶戶的門前，成群的瘦犬隨處遊蕩，互相咬架，時時傳來狺狺的狗吠。……然而這叫聲隨着敗陣之犬的逃遁而消失，一切歸於原來的寂靜。此刻，一時停歇的寒雨又沛然而降。這些橫街短巷，因為沒有被車馬撞傷的危險，盲人音樂家一齊擁來這裏，隨處彷徨，他們彈撥着音色蹩腳的小提琴曲，給這暮色漸濃的街巷更添一層哀愁……

我總是隨手從衣袋掏出一些零錢投給他們，然後急急忙忙向繁華大街跑去。我巴望黃昏早點兒過去，燈火明麗的夜晚快快到來。我一邊想一邊踏上回家的路。到了夜晚，比起灰暗的黃昏，心情或許有幾分改變；晚餐喝上一杯葡萄酒，心緒總會快活起來吧。

可是，被連日的秋雨徹底敗壞了的情緒，即使夜幕降臨，即使酡然而醉，也還是無力快活起來。桌上的油燈芯子已經擰到最大，窄小的屋子依然暗淡無光。迷醉的心反而墮入往事的回憶之中。
就是這樣的夜晚——聽到陽台上滴滴雨聲，會使人無端地哭泣。
魏爾倫的詩唱出了這個意思：

雨灑落在街巷，
也灑落在我的心上。
這樣的雨，
為何進入我悲哀的心中？
這震動大地敲擊屋頂的
蕭條的雨音雨調，
你不知道我的心為何憂愁，
只是無目的地潤澤着它。
這是一種無名的悲哀，
達到極點的悲哀！
既非憎惡，也非愛戀，

我曾經從玻璃窗內俯視着雨中的大街，嘴裏不住用法語吟誦這樣一些詞語：秋——雨——夜——燈——旅——肌寒——我覺得，只有在這種時候才深深體味到這些詞語所蘊含的雋永的詩意。

颳了一夜大風。林蔭大街，十字街頭，河岸大道，城中的樹木全都落葉了。這天早晨，街道上顯得十分明朗。天氣嚮晴，陽光普照。行人的呼吸化作白色的水霧。冬天來臨了。

於是，悒鬱的心境依舊悒鬱，已經沉着冷靜下來了。因為我也和別人一樣，有時笑着，有時坐在暖爐旁的油燈下，暢談冬天的遊興。但我決沒有忘掉春天的歡樂和夏天的明麗。我並非喜歡冬天的寒冷。那麼，已逝去的寒雨之夜的悲哀又是從何而來呢？我這麼想——同戀人分別的人，一時會悲痛欲絕，但不久就會習慣於這種絕望，一邊思念，一邊讓感情冷卻，並逐漸淡忘下去。而且，上了年歲以後也還會是這樣一番心境的……

明治四十年十一月於里昂

黃昏的地中海

越過加的斯海灣，沿葡萄牙海岸向東南，不久就抵達西班牙海岸。當我眺望着南面的摩洛哥陸地和銀白的丹吉爾人家，以及北面的三角形直布羅陀山巒，進入地中海的時候，我真巴望自己所乘的這艘輪船，會遇到甚麼災難而破碎或沉沒。

要是這樣，我會被載上救生艇，向北或向南僅有三海里的行程，就可以到達舉目可及的彼岸。我會於回歸日本的途中，意想不到地再一次踏上歐洲的土地，我會看到遠離文明中心的西班牙；看到男人穿着美麗的衣裳，在深夜的窗邊彈奏小夜曲；看到女人的黑髮上簪着玫瑰花，上半身裹着披肩，徹夜地歌舞遊樂。

如今，在船上可以看到伸手可及的對面的山巒——地面曬乾了，樹木稀少，佈滿黃褐色野草的山谷地帶，塗着白壁的人家時隱時現。——越過那座山，那邊不就是繆塞歌唱過的安達盧西亞嗎？不就是比才創作的不朽的音樂《卡門》的故鄉嗎？

熱愛色彩絢麗的衣裳和熱情奔湧的音樂，像風一般走到哪裏將愛情也帶到哪裏的人，有誰不對唐璜祖國西班牙心馳神往呢？

在這烈日照射的國度，戀愛只意味着男女相交，嬉戲調情。和北方人所說的道德、結婚、家庭等令人掃興的事兒毫不相干。如果你在節日之夜飽嘗了鍾情女子的色香，那就趕快到午後的市場同另外的女子相握吧。如果這位女子已是人妻，你可以於夜裏潛入她的窗下，彈奏着一支曼陀林，唱上一首艷歌引誘她：「啊，快到窗下來，我的愛。」（莫扎特歌劇《唐璜之歌》中的歌）一旦事洩，那就血染利刃！感情的火花驟然燃燒又驟然消失，這一刹那的夢幻就是這炎熱國度的整個的人生。伴着小鈴鼓的鼓音，劇烈的手舞足蹈，極有節奏感的動作，安達盧西亞的少女，兩手擊打着響板，腳踢着五彩繽紛的裙裾，狂跳亂舞。這就是該國特種音樂歡快的氣勢。像暴風一般漸次激昂，漸次酣暢。聽者觀者皆目奪神搖，神魂顛倒。當這舞蹈和音樂戛然而止的時候，彷彿看到美麗的寶石驟然粉碎了，飛散了，這才不由「啊」的一聲，疲憊地嘆一口氣。這個國度的人生就像這個國度的音樂一樣……

然而，輪船悠然地行進，同我那未能實現的欲望沒有任何關係，左右兩個船舷翻捲着海峽的水，駛向遠洋。高聳的直布羅陀山的岩壁，背面閃耀着夕陽的餘輝，就像屹立於火焰中一般。正面，隔着一帶海水，是摩洛哥的山巒，山坡上丹吉爾人家低低綿延向遠處。這兩岸的高山對峙着，時時變幻着玫瑰色和紫色。

漸漸地，黃昏的陽光消隱了，此時，山峰和岩壁也沉入了西方的水平線。吃過晚飯，再到甲板上憑欄眺望，我看到茫茫的海面同大西洋有着驚人的不同，這裏的水色呈現深藍，如天鵝絨一般滑滑的，閃耀着光輝。

地中海的水色比山，比河，比湖，更能引發一種無可言狀的優美的幻想。凝視着這樣的水色，想到太古的文學藝術就產生於此種顏色的海水漂蕩的海岸，歷史上美麗的女神維納斯就誕生於紫色的波濤裏。這些神話的產生是何等自然，一點也不顯得牽強附會。這是可以理解的。

群星燦爛。其光明亮，其形碩大，就像看到星星的象徵畫，似乎真的閃爍着五角形的光輝。天空清澄，飽和着濃碧的顏色。雖然水天一色，但其分界是十分清楚的。雖說夜晚——一個沒有月的夜——仍然明麗，望不見一座山峰的空間，似乎包蘊着一種嚴正的秩序和調和的氣氛。啊，瑰麗的地中海的夜！我偶然想起了輪廓極鮮明的古代的裸體像，想起了古典藝術之美，想起了凡爾賽宮修剪整齊的樹木。我的作品也是如此。包裹於漠漠黑夜般憂愁的影子裏，將顏色、聲音以及濃烈的芳香一絲不亂地一同織進五彩斑斕的錦緞中。這錦緞肅然地低垂着。我祈願我的作品就像這低垂的錦緞。

進入地中海的第二個晚上，遙遠的南方出現了陸地。那是北非的阿爾及利亞吧。飯後來到甲板上，海面風平浪靜，濃碧的水面猶如打磨的寶石，帶着一層光澤。

向欄杆一望，似乎可以看到映在水中的自己的面顏。——這是一個美麗的童貞的面顏。無限的太空沒有一絲雲。白天，閃耀着毒花花太陽的明麗而湛藍的天空，此時也帶有一層薄薄的薔薇色，黯淡而又朦朧。那種在法國常見的黃昏時期蒼茫的微光，籠罩着甲板上的一切，在舷梯欄杆和艙壁以及各種索繩上，投下了神秘的影子。因而，使得那隻粉白的短艇十分顯眼，彷彿被注入了一種奇怪的生命的力量。

輕輕吹拂的風如此和暖，似乎要把人的身子溶化了。海上如春夜一般清爽，靜謐，我的心情十分安適。

我的精神完全變得空虛了，無法去思考甚麼悲傷、寂寥和歡欣。我的意識只是停留於一種非常美好的心境上。我彷彿又忽而墮入極大的苦惱之中，一下子坐在長椅之上，目光注視着遙遠的天際。

五六顆夕暮的明星閃閃灼灼。我凝視着美麗的星光，一種無法言狀的詩情從胸中湧起，幾乎不可遏抑。面對着漸漸進入暮色的地中海，我真想盡情地唱上一首美麗的讚美歌。我彷彿感到，還沒有張口，自己想像中的歌已經化成美麗的聲音，隨着這柔緩的漣漪漂向遙遠遙遠的空間。

我從長椅上站起來，讓清爽的風吹着面頰，深深吮吸着溫暖而純淨的空氣，凝望着遠方最美的一顆星星，剛想引吭高歌的時候，悲哀立即襲上了心頭。我不知道應該唱甚麼歌，我完全忘記了選擇。歌謠不要，就唱小調吧。一想到這裏，自己就先「啦啦啦」地發出聲來了。但究竟哪一首小調好呢？我又猶疑起來。

我弄得非常狼狽，不住地從記憶中搜索那些留下印象的小調。紫色的波浪翻捲着，彷彿在等待我的歌聲，星光像青年女子的媚眼，急切地閃動着。

我終於想起了在開幕時，卡瓦萊利和盧斯蒂卡娜和着豎琴演唱的《西西里島》的一節。這一節歌詞蘊含着南意大利火焰般的熱情和孤島寂寥的情調。唱起來把聲音拖得很長，在日本人聽來有的地方像船歌，對於正在航行中的我，再合適不過了。我鼓足勇氣先試着唱了第一句：O Lola, bianca come（啊，羅拉，你多麼銀白）——餘下的全忘記了。

那歌詞是自己不熟悉的意大利語，這也難怪。音樂劇《特里斯坦》[1]開幕，船老大在桅杆上唱的歌，最適合於此種情境。不過，這回光有歌調，要唱的一節覺得有些怪。儘管很想唱，但是歐洲的歌是很難唱好的。出生於日本的我，只會唱本國的歌。我此時此地的感想——早已把法蘭西的戀愛和藝術放在腦後，正在走向那單調生活之後只有等待死亡的東方的國家。我考慮着唱一首將這種意識毫無遺憾表達出來的日本歌曲。

難唱的西洋歌曲固然使我失望，但自國的歌曲更加使我失望。人們經常唱《忍路高島》，因情調悲涼受到讚賞。但是只同旅行和《追分小調》[2]有點關係，和誕生了希臘神話的地中海的夕暮，在感情上不太協調。《竹本》和《常磐津》等為首的所有的淨琉璃都能很充份地表現感動，但用「音樂」的觀點衡量，與其說是歌曲，不如說是使用樂器的朗誦詩，在傾訴瞬間的感情上過於冷峻。《哥澤小調》只不過傳達出不同時代煙花界的微弱的不平之聲。而謠曲因為包含佛教的悲哀而顯得古雅，和二十世紀的輪船終究不能相容。那必須是一邊聽着草船的艫聲，一邊遠遠地眺望着的水墨畫般松林海岸的風景。其他還有薩摩琵琶歌、漢詩朗吟等，這些也都同色彩單純的日本特有的背景相一致，初級的單調只能激起某種粗樸而悲哀的美感。

我完全絕望了。我竟然是這樣的國民：自己不論有怎樣的充溢的激情，不管被如何煩亂的情緒所苦悶，我都找不到適合於表現和傾訴的音樂。這樣的國民，這樣的人種，世界其他地方還有嗎？

此時，下邊甲板上傳來了合唱的歌聲，那是到印度殖民地做活的英國兩三個鐵路工人和一個到香港去的不明身份的女人發出的。從那滑稽而輕佻的曲調上看，似乎是倫敦東區演藝場上演唱的流行歌曲。作為音樂當然是毫無價值的，正因為如此，聽起來卻很能表現英國工人越過大洋到熱帶地區幹活的心情，也同髒污的三等艙和黑暗裏甲板上的情景協調一致。

難道不是幸福的國民嗎？英國的文明使得下層工人也能找到一種最能表達寂寞的旅愁的音樂。明治的文明，它只是誘發我們無限的煩悶，卻不能教給我們傾訴的方法。我等的心情固守着早已化為古物的封建時代的音樂，已經同現代相離很遠很遠。如果我們爭先恐後一同走向歐洲的音樂，不管帶有怎樣的偏頗的喜愛，還是能感到風土人情上的無法消除的差別。

我等皆為可哀的國民。失掉國土的波蘭的民眾啊，沒有自由的俄國人啊，你們不是仍然擁有蕭邦和柴可夫斯基嗎？

夜深了，海面在黑暗中閃着光亮，天空也漸次帶上奇怪的光澤，高不可測，使人恐懼。星星出奇地繁多而又明亮。接近神秘的北非的地中海的天空啊。英國工人所唱的歌，正在悲涼地消失在這片神秘的天空裏。

唱吧，唱吧。他們是幸福的。

我遠望着繁星閃爍的天空，想起了橫亙在航路盡頭的可怕的島嶼，從今日起還有四十天就會結束漫長的水程而抵達那裏。我為何枉自離開巴黎呢？

註釋：

[1] 德國作曲家瓦格納（Wagner, 1813-1883）根據中世紀愛情故事改編創作而成。

[2] 一種曲調緩慢而悲哀的離別歌謠。

天地外國經典文庫

① **到燈塔去**
〔英〕弗吉尼亞・伍爾夫 著　瞿世鏡 譯

② **鼠疫**
〔法〕阿爾貝・加繆 著　劉方 譯

③ **動物農場**
〔英〕喬治・奧威爾 著　榮如德 譯

④ **人間失格**（附《女生徒》）
〔日〕太宰治 著　竺家榮 譯

⑤ **美麗新世界**
〔英〕奧爾德斯・赫胥黎 著　陳超 譯

⑥ **都柏林人**
〔愛爾蘭〕詹姆斯・喬伊斯 著　王逢振 譯

⑦ **局外人**
〔法〕阿爾貝・加繆 著　柳鳴九 譯

⑧ **月亮和六便士**
〔英〕威廉・薩默塞特・毛姆 著　傅惟慈 譯

⑨ **柏拉圖對話集**
〔古希臘〕柏拉圖 著　戴子欽 譯

⑩ **愛的教育**
〔意〕埃德蒙多・德・亞米契斯 著　夏丏尊 譯

⑪ 一九八四
［英］喬治．奧威爾 著 董樂山 譯

⑫ 老人與海
［美］歐內斯特．海明威 著 李育超 譯

⑬ 泰戈爾散文詩選集
［印度］羅賓德拉納特．泰戈爾 著 吳岩 譯

⑭ 荷風細語
［日］永井荷風 著 陳德文 譯

⑮ 流動的盛宴
［美］歐內斯特．海明威 著 湯永寬 譯

⑯ 最後一片葉子
［美］歐．亨利 著 黃源深 譯

⑰ 面紗
［英］威廉．薩默塞特．毛姆 著 張和龍 譯

⑱ 漂泊的異鄉人
［英］D．H．勞倫斯 著 劉志剛 譯

⑲ 莎士比亞十四行詩集
［英］威廉．莎士比亞 著 馬海甸 譯

⑳ 變形記
［奧］弗蘭茨．卡夫卡 著 謝瑩瑩等 譯

www.cosmosbooks.com.hk

書　　名　荷風細語
作　　者　永井荷風
譯　　者　陳德文
編輯委員會　馬文通　梅　子　曾協泰
孫立川　陳儉雯　林苑鶯
責任編輯　宋寶欣
美術編輯　郭志民
出　　版　天地圖書有限公司
香港皇后大道東109-115號
智群商業中心15字樓（總寫字樓）
電話：2528 3671　傳真：2865 2609
香港灣仔莊士敦道30號地庫／1樓（門市部）
電話：2865 0708　傳真：2861 1541
印　　刷　美雅印刷製本有限公司
香港九龍官塘榮業街 6 號海濱工業大廈4字樓A室
電話：2342 0109　傳真：2790 3614
發　　行　香港聯合書刊物流有限公司
香港新界大埔汀麗路36號中華商務印刷大廈3字樓
電話：2150 2100　傳真：2407 3062
出版日期　2019年3月／初版

ISBN ： 978-988-8547-56-2